中公文庫

新装版

# スカイ・イクリプス

Sky Eclipse

森　博嗣



中央公論新社

森博嗣

# スカイ・イクリプス

Sky Eclipse

MORI Hiroshi

contents

目次

# Sky Eclipse

At first she resisted, for even though she had lost those dearest to her, she was filled with love of life. Lonely though she was in this vast emptiness, she was still glad to see the colours in the sky at dusk, or watch the yellow moon rise from the rim of the ocean, to greet a bird winging its solitary way across the wastes of water or to try to count the stars that spangled the heavens at night.

(SNOWFLAKE / Paul Gallico)

# スカイ・イクリプス

　はじめのうちは彼女も抗《あらが》ってみました。最愛の者たちこそ失われはしたものの、生きるよろこびはまだまだ沢山あったからです。この空《むな》しさの大きなひろがりの中にひとりぽっちでおかれていてさえ、彼女はいまだに夕映えの空の色をながめたり、わだつみの果てからさしのぼる黄色い月影を見守ったりしてはたのしんでいましたし、波の荒野を道づれもなしにわたってゆく鳥に声をかけてやったり、夜空にまたたく星の数をかぞえたりもするのでした。

（雪のひとひら／ポール・ギャリコ）

# Gyroscope

She was made up of hundreds and hundreds of pure, shining crystals, like fragments of glass or spun sugar.

# ジャイロスコープ

このからだは、ガラスか綿菓子のかけらのような、幾百幾千の、きよらかにかがやく水晶でできていました。

# 1

風の強い午後だ。空には雲ひとつない。目を瞑《つむ》っていても、顔を上げるだけで、眩《まぶ》しさに目眩《めまい》がしそうだった。ササクラは、日頃から明るい場所は苦手である。たった今、二回くしゃみをしたばかり。

格納庫の中では整備工が二人、ずっとしゃべりながら作業をしていた。自分よりも若い連中である。話題は、彼らが向かっている飛行機にはまったく関係がなく、近くのバーに現れる女の話だった。つまらないが文句を言うわけにもいかず、退避と喫煙を兼ねて外に出た。

近くの木陰に入り、樹の幹にもたれかかったが、宿舎の方向からクサナギが歩いてくるのが見えたので、なんとなく背中だけは離した。すなわち、少なくとも、自分の体重を支えることではサボっていない、という態度を示したつもりだ。

「このまえの話の続きだけれど」クサナギが近くまで来て、話しかけてきた。「失速する寸前にエレベータを引くと、左ラダーへ取られるのは、機体の癖ではないって、言ったよね？」

「いつの話の続き？」ササクラはきいた。いきなりのコアな話題だったので、少なからず驚きつつ。「そんな話、したかなあ」

「このまえ、パーティのとき。もっと詳しく聞きたかったけれど、ほかのテーブルから呼ばれて……」

「ああ、三週間くらいまえじゃないか」彼は可笑《おか》しかったので笑った。しかし、目の前のクサナギが真剣な顔つきでじっと睨んでいたので、煙草の煙を吸い込んで頭を回転させた。

「えっと、そう、あれはどんな飛行機でも現れる。プロペラの回転方向が違うと左右が逆に出る」

「逆に出る？　どうして？」

「うーん、説明が難しいな」

「説明して」

「つまり、上を向いて……」片手を上に向け、ササクラは説明を試みた。「ここで、プロペラがこちらへ回っている。この状態で、アップを引く。普通の状態なら、そのままアップ方向へ倒れ込むけれど、失速ぎりぎりで、アップを引いた瞬間だけ機体が動き、そのあと尾翼は完全に失速状態になって、それ以上は、エレベータが利かなくなる。すると、エンジンの回転のジャイロ効果の方が大きくなって、回転方向へ九十度ずれた、こっち方向へその運動が力として作用する」

「ジャイロ効果？」

「学校で習っただろう？」

「習った。うーん、そうか。プッシャだと、右へ倒れる？」

「アップならね」

「ダウンなら逆か」

「そうそう」

「機速が残っているうちは、アップと混ざる？」

「そういうこと」

「エンジンを吹かすと？」

「トルクロールが混ざってしまうだろうな」

「そう、そうなる。だけど、回転を上げた方が、出やすいわけだね？」

「理論的にはな」

「そうか……」クサナギは頷いた。ポケットから煙草を取り出して火をつける。ちらりと、格納庫の方へ視線を送った。

　サクラも振り返って、そちらを見た。おしゃべりしていた二人も、クサナギの姿を見たからだろう、今は黙って作業をしていた。整備しているのは、クサナギの散香《サンカ》ではない。

彼女の機体は、その奥にある。そちらの散香は、ササクラ以外は手をつけてはいけないことになっている。

「スロットルを絞らず、プロペラのピッチを下げたら、もっと効果が大きい」ササクラは補足した。

「ピッチなんか、触っていられないよ」

まあ、それはそうだ。普段の操縦では、ほとんどノータッチの領域である。

「えっと、別の話……」クサナギは煙を吐いた。「情報部の連中が明日来る。散香を引き出して、写真撮影だって」

「また？」

「また」クサナギは僅《わず》かに顔をしかめた。「飛ぶところも撮るって」

「へえ、ビデオかな」

「うん。ちょっとピッチ下げて、飛んでやろうかな」

「どうして？」

「音が豪快にならない？」

「燃費が悪くなる」

「あと、新しいキャブ・インテークの部品が来る」クサナギは今度は嬉しそうな顔だ。

「たぶん、夕方くらい。一応確認してから、付け替えといて」

「また？」

「また」

「チタンか？　それより、削らせてくれたら、軽くしてみせるけれど」

「それは恐いな」クサナギが首をふった。

「どうも、何が恐くて、何が恐くないのか、基準がわからんよ」ササクラは吹き出す。

しかし、クサナギは片方の眉を僅かに吊り上げただけ。一瞬で視線を逸《そ》らせると、煙草をくわえたまま、また宿舎の方へ歩いていった。

ササクラは煙草を地面で揉み消してから、格納庫へ戻った。二人の整備工はまた話を始めていた。

「十六のメガネ、頼む」一人が言う。

もう一人がメガネレンチをひょいと投げる。三メートルほどの距離で無事にリレーされた。

ササクラはそこへ黙って近づく。

「あ、クサナギさん、何だったんですか？」

「いや、なんでもない」ササクラは答えた。「それより、道具を投げるな。少なくとも、俺の近くでは二度とやるな」

「すいません」

「申し訳ありません」

ササクラは、そのまま奥へ入っていく。クサナギの散香の横を通り、カウリングをちらりと見てから、ピットへ通じるドアを開けて、暗いトンネルのような通路へ入った。スロープを下りて、半地下になった部分に、倉庫と工作室がある。その工作室に入り、さらに奥へ。彼が居室に使っている小さな部屋がそこだった。高い位置に小窓があるものの、そちらは北側になるので、お世辞にも明るいとはいえない。もともとは、工作に使う道具を収納するための場所だった。現在も、部屋の半分を占める棚には、道具類が収まっている。ササクラは、自分も道具の一つだと考えていたので、まったく違和感はなかった。ここでは、道具を取りにくるか、寝るか、それとも着替えをする以外には用事がない。彼は、棚の引出しを開けて、新しいバイトを取り出した。気合いの入った工作をするときには、刃を研ぐか、その時間がなければ、新しい刃に替えることにしている。

それを持って、工作室へ戻った。まず、バイトを旋盤にセットする。そして、壁にある電源のスイッチを入れてから、工作用のゴーグルを塡《は》めた。

## 2

十二時間後。深夜。ササクラはまだ部品を削っていた。フライス盤がずっと稼働している。もっとも、削り出す材料を固定するときに一番時間がかかる。マイクロメータのダイアルを読み、小さなハンマでこつこつと叩く。何度も測り直して確かめ、慎重に機械にセットする。あとは自動なので、その間は休息ができる。ここは本来は禁煙の部屋だが、彼は灰皿を持ち込んで吸っていた。引火するような危険物はない。整備工で煙草が嫌いな人間もいなかった。なにしろ、オイルの匂いの方がずっと強烈で、煙草を吸っている最中の方が、むしろ空気が綺麗な感じがするくらいなのだ。

フライス盤がワン・ストロークを削り終わって自動停止したので、彼は煙草を灰皿に押しつけてから、機械に近づいた。そのとき、窓のガラスがこつこつと鳴った。その窓は、外では低い位置にあるから、猫が歩いて砂利が跳ねたのか、とも思った。けれど、もう一度音がした。磨りガラスだし、室内の方が明るいため、外の様子はまったくわからない。

壁際にある段ボール箱が邪魔だったので、それを退《ど》けてから、背伸びをして窓を開けた。

冷たい空気が侵入してくる。そして、クサナギの白い顔がそこにあった。屈んでこちらを覗き込んでいる。

「何だい？」ササクラはきいた。「ここは入口じゃないよ」

「表は鍵がかかっていた」クサナギが言った。「何をしてる？　こんな時間に」

「できることといったら、工作くらいだ」

「何を作っている？」

「うーん、説明が難しいな」

「何の部品？」

「エンジン」

「誰のエンジン？」

「誰の？　散香のエンジンだよ」

「誰の散香？」

「まあ、それは、その、特に特定はしていないが」

「そっちへ行っていい？　表を開けて」

ササクラは黙って頷いた。そして、窓を閉めてから、舌打ちをした。

額にあったゴーグルを外し、ウエスで軽く手を拭ってから、部屋を出た。

格納庫は真っ暗だった。必要最小限の照明だけ灯し、シャッタの横にあるドアのレバーを捻《ひね》った。開けると、外でクサナギが待っていた。カーディガンを肩に羽織っている。私服だった。

「寒いね、今夜は」彼女が言った。暗いのでどんな表情だったかはわからない。

「何の用事かな」ササクラはきく。

「邪魔？」

「うん、まあ、それに近い。作業中だった。時間が惜しい」

「じゃあ、作業は続けていいよ。見ている」

「たまらんなあ」

格納庫を歩き、暗い通路を戻った。

工作室に入り、ササクラは、機械のセットをまずした。クサナギは入口のドアにもたれて立ち、黙って見ていた。次のストロークは、材料はそのままなので、簡単だ。フライス盤が再び動き始める。

「で、何？」ササクラは手があいたので、クサナギの方を向いてきいた。

「それ、いくつ作るの？」

「シリンダの数だけ。まあ、予備も多少」

「ふうん。交換すると、どうなるわけ？」

「わからん」彼は首をふった。煙草を吸おうかと思ったけれど、さっき吸ったばかりだ、と思い出してやめた。「まあ、軽くはなる。あと、一体型だから、耐久性も向上する」

「軽くなる？　こんなので？　ほんのちょっとだ」

「いや、可動部だ。もの凄《すご》い速度でレシプロ運動している部分なんだ。ここが軽くなれば、回転は二百は上がるだろう」

「嘘、そんなに？」

「たぶん」

「本当に？」

「まあ、やってみないとわからんが」

「そんなに凄いものなら、どうして、最初から軽く作らない？」

「大量生産では無理だ」

「ああ……、そうか、たしかに、面倒そうだね」

「スペシャル・メイクだよ」

「散香って、結局、僕の散香だろ？」クサナギがきいた。

「うーん、まあ、その、そういうことになるかな」

「べつに、怒ったりしないから」クサナギは、口もとを僅かに緩めた。一瞬だったので、見間違いだったかもしれない。「でも、黙って交換されるのは、ちょっと嫌だな」

「わかった、報告するよ」

「今までにも、こういうことが？」

「ああ……」ササクラは頷いた。

「実験台ってわけだ」クサナギが顔を傾ける。眉が上がっただけで、表情は変わらない。

「否定はしない。でも、絶対に自信があることしかやらない。本当に実験が必要なものっていうのは、もっと複雑なものだ」

「理論がないもの？」

「いや、常に理論はある。理論が先行している。ただ、理論どおりに作っても、別の理由で不具合が出る場合がある。気がつかない部分、見落としていた部分がある。そういう可能性は、複雑なものになるほど多い。だから実験が必要なんだ。でも、こんな単純なものなら大丈夫だよ。期待どおりに働く。機械は正直だ。きちんと作ってやれば、きちんと働く」

「どうして、僕の散香で試すわけ？」

「特に理由はないが……」ササクラは溜息をついた。

回転中の刃を見にいった。削り粉を刷毛《はけ》で避《よ》けながら、工作面を確認する。

理由は簡単だ。クサナギの散香が一番、戻ってくる確率が高い。いくら良い部品を取り付けても、飛行機が戻ってこない場合には、すべて無となる。もちろん、自分の作った部品が惜しい、という意味ではない。惜しいのはデータだ。できれば、活かされる環境を、と考えている部分も否定できないが。

「こんな時間まで、工作室を使うことは、本当は許可されていない」クサナギは言った。

「知っている。大目に見てもらって、感謝している」ササクラは話しながら、今度は自分の顔の方が無表情かもしれない、と思えた。

「もしかして、明日に間に合わせようとしているとか？　明日、飛ぶって聞いたから？」

どう答えようかな、とササクラは迷った。図星だったからだ。クサナギという人物は難しい。感情的なところがあるかと思えば、あるときは冷静、冷酷、沈着。どちらが、本当の彼女なのか、よくわからない。少なくとも、彼女はパイロットだ。それもエースである。この基地では指揮官補佐の位にある。整備工には絶対的な命令を下すことができる立場だ。彼女の機嫌を損ねれば、即、彼のすべての楽しみが奪われる可能性だってある。

　クサナギはしばらくじっと彼を見据えていた。それから、視線を逸らせると、フライス盤の方へ歩き、回転するミルを見にいった。

「近づくな」彼は言った。

「え？」クサナギがびっくりして、こちらを向く。「ごめん。見るだけだよ」

「あ、いや……。危ない。切り子が飛んで、目に入る」

「ああ」クサナギは目を大きくした。可笑しい、という顔だ。

「見たいなら、ゴーグルをしてくれ」

「大丈夫、避けられるさ」

「避けられる？」

「飛んできたら、目を瞑ればいい」

　呆れてものが言えなかった。ササクラはまた煙草を吸いたくなった。しかし、禁煙の表示が壁にある。吸い殻が溜まった灰皿も目につく位置にあった。とりあえず、今は我慢しようと思った。

「そうだな」クサナギは呟くように言った。「エンジンにこれを付けるどうこうよりも、僕の目の方が大事か」彼女はそのままドアへ歩く。「お休み」

クサナギは部屋から出ていった。

ササクラは、眼帯を填めた彼女がコクピットに乗っているところを想像した。そんな写真でポスタを作ったら、案外宣伝効果があるかもしれない、とも思った。

## 3

クサナギが「情報部」と言ったそれらしき連中が、翌日の午前中から基地へやってきた。ワゴン車に乗って、男が三人。彼らは、ササクラがいる格納庫の前や、滑走路の近くに、カメラを据え、準備をしていた。午後になって、もう一人加わった。長身の女で、いつも見かける顔だ。最初は、クサナギの部屋で打合せをしていたようだが、やがて、二人で格納庫へ歩いてくるのが見えた。ササクラは、若い連中に「来たぞ」と教えてやった。

散香はすぐにでも飛べる状態だった。格納庫の前に引き出されている。もう整備工にできることはなにもない。今から、武器を載せろとか、増槽を付けてほしいとか、余計なことを言われなければの話ではあるけれど。

近づいてきたクサナギを見て、ササクラは驚いた。彼女は飛行服を着ていなかった。普段の制服のまま、つまりスカートだ。そんな服装で飛行機に乗ることは禁止されているが、黙っていることにした。彼女は、以前にも、飛行服を着ずに飛んだことが幾度かある。そのときは緊急の場合だったから、言い訳はできたかもしれない。今日は、情報部の指示なのだろうか。

「そうね、まず、この前でスチルを撮ろう」長身の女が言った。いつの間にか、ほかの三人も滑走路の方から戻ってきた。

十五分ほどクサナギをモデルにして写真が撮られた。整備工たちは、カメラの背後に回って、邪魔にならないように見学するしかない。見物人が十人くらい集まったが、全員が黙っていた。情報部というのは、整備工を黙らせるには充分なネームプレートなのだ。パイロットは誰も見にこなかった。知らないのかもしれない。知っていても、こんなことに興味はないのだろう。

クサナギは飛行機の前、主翼の上、そしてコクピットに乗ったところ、という順で写真を撮られ、今は、そのまま散香に乗り込んでいる。着替えるつもりはないようだ。

「よし、じゃあ、滑走路へ」女が指を差す。

「後方！」コクピットからクサナギが叫んだ。

旗を持った係員が機体の前方に出る。

「後方確認」後ろの係員が応える。

主翼とスタビライザの舵《かじ》が動く。フラップはまだ出ていない。

「異常なし！」

「始動！」

キャノピィはまだ開いたままだ。

プロペラをセルが回す。遅れて、軽い爆発音と排気。白い煙を断続的に吐きながら、エンジンが始動。散香は、ブレーキを解除し、滑走路へ向かうアプローチをタキシングしていった。

情報部のスタッフたちは、滑走路の方へ走る。上司の女だけがゆっくりとした歩調でそちらへ向かった。

ササクラをはじめ、整備工たちも、彼女の十メートルほど後ろをついて歩いた。追い抜くわけにいかないから、どうしても、歩調がゆっくりになり、葬式の行進でもしているかのようだった。エンジンの音を聞きつけて、宿舎の窓から顔を出している者も見えた。

クサナギの散香は、アプローチから滑走路に出て、そこで待機している。ブレーキをかけ、プロペラのピッチを落として、エンジンを暖めるために、ときどき吹かしていた。音の感じでは、まだ暖まっていない。少し湿った音だったからだ。しかし、日頃から、緊急時はこんな状態でも離陸になる。

近づいていくと、キャノピィがまだ開いていて、クサナギがササクラたちに笑顔を向けた。カメラに対しての笑顔だったかもしれないが、いずれにしても、さきほどまではなかった表情だった。こんなに短時間で、しかもまだ離陸もしていないのに、コクピットにいるだけで、彼女は気分が良いのだろう。

「OK」カメラの三脚の前にいた男が叫んで、後ろを振り向いた。

長身の女が、片手で合図をする。トランシーバも持っているようだ。コクピットのクサナギが応えて、軽く片手を上げた。彼女はキャノピィを閉じる。エンジンの回転が上がり、ブレーキが解除された。散香は前進を始める。さらに回転は高くなり、ササクラたちの目の前を右から左へ通り過ぎる。空気の振動が伝わってくるのがわかった。

機体は右へ傾きながら離陸。そのまま、前方へ旋回しながら上昇していった。

エンジンの音をササクラは聞く。まだ、少し燃料が濃い感じではあるが、悪くない。こんなものだろう。

カメラは三台。そこに一人ずつ男が構えている。一つは、少し大きなカメラで、おそらくビデオだろう。

散香は、高度を上げることなく、前方の遠くを右手へ戻っていく。そちらには川の堤防が続いているが、その僅かに上を飛んでいるように見えた。距離的には、堤防よりも遠いだろうか。散香はそのまま右手の遠くへ行き、また、低空で旋回をしているようだ。

「どうして、あんな低いところを飛ぶんだ？」整備工の誰かが言った。

「面白いからだよ」後ろに立っている誰かが言った。

ササクラは振り返る。知らないうちにパイロットが何人か見物に出てきていた。

今のところカメラが回っている様子はない。たぶん、クサナギが遊んでいるだけだろう。

機体は滑走路の線上に入り、こちらを向いた。まだ距離がある。通常の着陸コースよりも、ずっと低い位置にいたし、エンジンの回転が高い。かなりの速度でこちらへ近づいてくる。

カメラの後ろにいた男たちがファインダを覗き込む姿勢になる。

散香は、轟音とともに接近。

二百メートルほど手前で、機体を傾ける。

キャノピィがこちらへ倒れる斜めの姿勢で通過。

右から左へ。

風圧と爆音を残し。

あっという間に滑走路の先へ飛び去った。

誰も、声が出ない。

こんな近くで、回転を下げないロー・パスを見る機会など、まずないだろう。恐ろしいほどの迫力だった。

機体を正立に戻すと、散香は今度は滑走路の線上で上昇を続ける。みるみる高度を上げた。機体は真上を向く。そして、そのまま今度はこちら側へ倒れてくるようだ。

「うわぁ、宙返りかぁ？」

エンジン音は、少し乾いてきた。こんなに間近でフルスロットルの音が聞けるなんて、滅多にない。貴重なチャンスだ。

散香はこちらへ機首を向け、滑走路の左手上空から、斜めに突っ込んでくる。ロールするのかと思ったが、背面のままアプローチ。

エンジンは絞られ、翼が風を切る音が近づいてくる。

目の前を通過するときの高度は五メートルほどで、キャノピィの中で、逆さまになったクサナギがこちらに笑顔を向けているのが見えた。通過後、白い煙を吐いて回転を上げ、背面のまま真っ直ぐ上昇していった。

「今の撮れた？」女が大声できいている。

男たちが、片手を上げて応える。それを確かめてから、女は手に持っているトランシーバでなにか連絡をする。クサナギに注文をつけているのだろう。

整備工たちは、目を細め、口を開けて見ているばかりである。後ろにいるパイロットたちは腕組みをしていたが、違いは、目を細めていない点。パイロットには、この程度の空は、眩しくないようだ。

散香は、右手上空から急降下し、低い高度でアプローチしてきた。エンジンは気持ち良く回っている。響くような低音が空気を震わせ、躰《からだ》に波動の圧力として伝播《でんぱ》する。滑走路上に入り、散香は半ロール。主翼を垂直に立て、機首を僅かに持ち上げた。横倒しになった姿勢のまま、突っ込んでくる。

「ひえぇ！」誰かが叫んだ。

ナイフエッジだ。

エンジンはフルスロットル。主翼が立っているので、飛行機の重量を支えているのは、胴体による揚力だけ。キャノピィはこちら側だった。

轟音とともに、散香が目の前を通り過ぎる。

普段は絶対に見ることができない飛行だ。

散香は、その姿勢のまま、少しずつ高度を上げて左手へ去った。

「すっげぇ……、ナイフエッジで上昇してる」

「できるんだな、あんなの」

高度が充分にある位置ならば、比較的簡単にできるだろう。それだけの性能が散香にはある。ただ、それを、この低空で、しかも、左右にまったくぶれることなく飛べるのは、限られたパイロットだけだ。

左手で散香は垂直上昇に入り、エンジンを途中で絞った。突然静かになる。そこで、ストール・ターンで下を向き、高度を落としてから、水平に滑らかに進入。グライダのように静かに左から近づいてくる。

カメラがそちらを向いている。

散香は、着陸するような低空。

タッチアンドゴーでもするつもりか。

と思われたとき、半ロールして、背面飛行に。

高度が落ち、キャノピィが地面を擦りそうなくらい。

ふわっと、少し浮かんだかと思うと、また半ロール。

今度は正立。

ちょうど目の前に来る手前でまた半ロール。

もうやめてくれ、とササクラは叫びたくなる。

危ないじゃないか！

機速が不充分だ。

ぎりぎりだ。

カメラの前を超低空背面で通り過ぎ、また正立に戻す。

もう一回、ロールをして、背面のまま、ようやくエンジンの回転を上げ、上昇していった。

「心臓に悪いな」ササクラは呟いた。

右手でも垂直上昇。途中でエンジンを絞り、ストール・ターンを見せる。

次は、連続ロールでスクリューのまま、右手からアプローチ。

さすがに、高度十メートルくらいあった。

それでも、回り続けている。

そして、みんなの前を通るときには、エイト・ポイント・ロールに切り替わり、四十五度の角度ずつ、一瞬止めながら、ロールをしていった。

左手へ通り過ぎたあと、何人かが、拍手をするのが聞こえた。思わず手を叩きたくなったのだろう。

今度のターンはインメルマンだった。

左手から、また静かにアプローチ。

手前で背面に入れ、高度三メートルで、目の前を通過した。キャノピィの中のクサナギがはっきりと見えた。こちらを見てはいなかった。

右手へ飛び去った。

「ＯＫ。着陸して」トランシーバを持った女の声が聞こえる。

散香は、右手で、小さく旋回。滑走路にアプローチする。

機首を左右に大きく振りながら、近づいてきた。

着地する寸前まで、機首が横を向いているような、サイドスリップを見せ、静かに着地。

カメラの前を通り過ぎたところで、ブレーキをかける音が鳴った。

左手へ数百メートル行き、側道に入る。

隣の滑走路を逆走してから、再び最初の位置へタキシングして戻ってきた。

もうキャノピィが開いていた。

カメラのレンズは、どれも、彼女をアップで捉えているだろう。

エンジンは、申し分のない音だった。

少なくとも、今の飛行では、息継ぎもなかった。先日、クサナギの許可を得て排気管を改造した効果は出ているのではないか、とササクラは満足だった。

昨日削り出して、早朝取り替えておいた部品については、効果はわからない。報告すると言ったのに、クサナギにはまだ話していなかった。あとでカバーを取り外して、ライトと天眼鏡で観察してみなければ。

## 4

散香は、そのまま格納庫の前まで進み、そこでエンジンを止めた。クサナギはコクピットから出て、主翼の上に立ち、さらに、主翼に腰掛けたポーズでも、写真を撮られていた。撮影はこれで終わったようだ。情報部の女が、クサナギの肩に手を置き、労《ねぎら》いの言葉をかけていたようだが、声は聞こえない。

　クサナギはもう笑っていなかった。普段の彼女の顔に戻っている。散香から離れ、ササクラの近くへ来ると、クサナギは、煙草をくれないか、と言った。

「調子はどうだった？」煙草を彼女に手渡して、ササクラはきいた。

　クサナギは、煙草をくわえ、火をつける。

「何の調子？」煙を吐きながら、彼女はきき返す。

「エンジンは？」

「まあまあ」横を向きながら、クサナギは答えた。「いつも、あんなもんじゃない？」

「びびってなかったか？」

「うーん、なにかな、シートの後ろの方でときどき。たぶん、ピッチコンのリンケージ」

「見ておくよ」

「しかたがないよ、あれくらい」

「びびったときの回転数を覚えておいてくれると、助かるけど」

「わかった。今度」クサナギは頷いた。「ストールのときの倒れ方は、たしかに、ササクラの言うとおりだね」

「物理法則だからな」

「うん。もう少し、いろいろ試してみたいけれど、なかなかね」クサナギは僅かに微笑《ほほえ》んだように見えた。

情報部の女が近づいてきて、クサナギは彼女と話をしながら、事務棟の方へ去った。ほかの男たちは、撮影用の機材を運んでいる。整備工たちも、パイロットたちも、いつの間にかいなくなっていた。自分の場所へ戻ったのだろう。残っている二人が、クサナギの散香を、ウィンチを使って格納庫へ引き入れていた。

ササクラは、そちらへ近づき、後部のカウリングの中に手を入れて、一番近いシリンダ・ヘッドに触れた。温度を確かめたのだ。それから、排気口を眺めた。そちらは手が届かない。付着しているオイルが見たかった。

「いやあ、凄かったですね」若い整備工が笑顔で話しかけてくる。「初めてですよ、あんなの見たの。やっぱり、迫力が違いますね。サーカスみたいだった」

「できたら、測定器を載せて飛んでもらいたいもんだ」ササクラは言った。「なんで、そういう測定をさせてくれないのかな。あんな宣伝ビデオばかり撮ってないでさ」

「そりゃあ、でも、そうでしょう。宣伝の方が大事だと思いますよ」若者は笑う。

そうかもしれないな、とササクラも思った。飛行機の性能を向上させようなどと誰も真剣に考えてはいないのは確かだ。それは、この仕事に就いた最初の頃から感じていたことだった。整備工に求められるのは、機械が持っている性能を常に維持すること。それ以上を求めるのは筋違いだ。では、それを求めているのは誰なのか？　開発をしている設計士か？　技術者か？　そんな連中はどこにいるのだろう？　一度でいいから、お目にかかりたいものだ。どうして、現場の声を聞きにこないのだろうか。

　まあしかし、この散香という機体は傑作だ。これを設計した奴は天才にちがいない。誰の設計なのか、公表されていなかったが、我が社の研究所の人間であることはまちがいない。いつか、自分もその研究所に配属されて、その人物に会ってみたいものだ、とササクラはずっと願っていた。そんなチャンスが、はたして訪れるだろうか。

　散香が格納庫の奥に到着したので、さっそくスタンドを近づけ、カウリングの中に頭を入れて、シリンダのヘッドを観察した。見たところ、異常なし。カムカバーも外して、内部もチェックしなければならない。ライトを近づけ、天眼鏡であちらこちらを見た。大丈夫そうだ。

　これが大丈夫となると、いよいよ、次はコンロッドの改造か。それは、ちょっとした大仕事である。危なくて、いきなり交換はできないだろう。予備のエンジンがあるから、あれで実験をしながら、進めるしかないか。たぶん、部品を削るのに、一カ月はかかるだろう。しかし、回転は四百は上げてみせる。クサナギだって、きっと喜ぶだろう。

　カバーを元に戻し、それから、排気のサンプルを取って、小さなガラスケースに入れる。

　ほかの整備工が通常のコースでの整備を終えた。それらをざっと確認してから、ササクラは奥へ引っ込んだ。

鍋でコーヒーを作って、それを飲みながら、ノートを広げる。いろいろ気づいたことを書き留めた。半分は、文字ではなく、絵である。コンロッドのことで頭がいっぱいなのが、自分でわかった。ベアリングについての規格を調べるために、棚にカタログを取りにいく。片手にコーヒーカップを持ったままだった。

ドアがノックされる。

「はいよ」簡単に返事をする。

棚から分厚いカタログを取り出してから、振り返ると、戸口にクサナギが立っていた。

「あ、なんだ」ササクラは少し驚いた。

「もう、今日は、終わった」クサナギは部屋の中に入ってくる。「嫌になるよ、あんな見せものみたいなこと」

「でも、思いっきり飛べて、いいじゃないか?」

「馬鹿馬鹿しい」

「面白くない?」

「面白くないね」クサナギは、窓際にあった椅子に座った。背もたれの方を前に、逆を向いて。「あんなのより、ササクラと話しながら飛んだ方が、役に立つだろ?」

「それは、俺も思うな。測定器を載せてもらうと、もっと良い」

「実験飛行は、いちいち許可がいるから」

「ああ」

「もしかして、ピッチのベースを少し下げた?」クサナギがきいた。

「え?」ササクラは、鍋に行って、コーヒーをもう一杯カップに注ぎ入れていた。

その新しいカップを持って、クサナギに近づく。

クサナギにカップを手渡した。彼女はすぐにそれに口をつける。

「苦いな。オイル臭いし」それが感想だった。

「気のせいだよ」

「でも、ありがとう」

ピッチ・ベースを下げたことに、彼女は気づいた。ササクラはそれを考えていた。低空でアクロバットをするなら、と思って、昨夜、ほんの気持ち程度、ボルト半回転ほど、マイナスに設定しておいたのだ。まさか気づくとは思わなかった。気持ち良く飛んでくれたら良い、くらいに思っていたのだ。

「昨日作ったカムの部品、あれのせいじゃないかな」

「替えたのか?」

「今、報告する。効果があっただろう?」

「あった」クサナギは片目を細めた。「報告は遅いし、どっちの効果かわからないじゃないか」

「いや、それよりも、腕が上がったんだよ、きっと」ササクラは軽く言った。

「嘘をつくと、顔に出るぞ」クサナギが睨んだ。

まあ、そのとおりだろう、とササクラにもわかっていた。嘘をついたときの顔は、このコーヒーと同じくらい苦くてオイル臭いにちがいない。

# Nine Lives

The night before he had still been at her side. Now he was gone. With a feeling of sadness that was too deep even for tears, Snowflake knew it was for ever.

# ナイン・ライブス

昨夜はまだ彼女とともにあってくれた彼でした。その彼が、いまはないのでした。泣くにも泣けぬ深い悲しみのうちに、雪のひとひらは、これが永遠の別れであることを悟りました。

## 1

彼は、その怠惰な川の堤防のバンクが好きだった。太陽の角度にも運良く一致しているので、そこに寝転がっていると躰《からだ》が自然に温まる。帽子を顔の方へずらして眩《まぶ》しさを防いでいたけれど、それはどちらかというと、目を細くしていることが面倒だったからにすぎなかった。眩しさが嫌いというわけではない。上空に比べれば、地上の光なんて、どうしようもなく鈍いのだから。それでも、神経が覚えているのか、つい眩しいという顔をしてしまうのは不思議なもので、また、そういった惰性を食い止めるためにも、帽子の遮蔽《しゃへい》は必要に思えた。

　車の走行音が聞こえてくる。堤防の上にビスケットみたいにひび割れたアスファルトの道路があった。両側を雑草に侵食され、実質よりもずっと幅が狭く見える。そこを車が走ることは滅多にない。躰を起こすと、白いセダンが近づいてくるのが見えた。上流へ五百メートルほど行ったところに鉄橋がある。そこを渡ってから、この堤防の道に入ってきたのだろう。下流はこの先、海まで橋はない。この近くの土地には一般のビルも住宅も存在しない。あるのは、彼が勤務している場所、つまり基地、滑走路とそれに付随する施設だけだった。彼は立ち上がった。車を運転しているのはモナミだ。彼を見つけて、車は停車する。

土手を数メートル上がって、車の横へ。モナミはエンジンを止めて、運転席のサイドから顔を出した。眩しそうだ。ウィンドウは下がっていたが、彼女の場合、相当に寒い日でも、窓を開けて走る。風が新しい空気だと勘違いしているようなのだ。

「ここにいると思った」躰を捻《ひね》り、両肘をドアにかけてモナミは言った。「暇な仕事ね」

「何をしにきた？」

「ちょっと様子を見にきただけ」

「早く帰った方がいい」

「なんで？　ここ、立入り禁止？　私の自由なんじゃない？」

「赤ん坊はどうした？」

「大丈夫だってば」彼女は笑った。

「お隣のおばさんに見てもらってる」

「どうした？」

「感心しないな」

「あれね、面倒が見たいんだよね、そうに決まっているんだから。煩《うるさ》く言ってくるでしょう？　そんなに言うんなら、あんたやったらって」

「そう言ったのか？」

「言わないわよぅ、そんなぁ」モナミは声を高くする。「でも、そういうこと。私、そういうのがわかっちゃうんだよね。だからね、そっちの方が上手くいくのよ、えっと、ほら、あれ、人間関係がさ。とにかく、信頼してますよって、こちらが態度で示せばぁ、まあ、向こうだって、悪くは思わないんだから」

「そういうことに赤ん坊を使うのは、どうかと思うが」

「え？　あれ、いけない？」

「いや、俺が口出しすることじゃないが」

「ああ、そうだよ、そうだよ」モナミは口を歪《ゆが》ませる。「ねえねえ、今日は、何時頃に帰ってこられるの？」

「わからない」

「でも、今、暇そうじゃない」

「そう見えるかな」

「見えるわよ」モナミはまた笑った。機嫌が良さそうだ。

機嫌が良いときのモナミは、そうでないときのモナミを引いても、多くが残るくらいの価値がある、と彼は思っている。

微《かす》かに音が聞こえた。彼は、そちらへ目を向けた。低い高度から二機、こちらへ近づいてくるのが見えた。

「あ、飛行機？」彼女もそちらを向く。

「着陸する」

「へえ……」彼女は、目の上に片手を翳《かざ》す。

一機がまず、アプローチし、堤防を越えて、滑走路へ滑り込んでいく。もう一機は、海の方へ一度旋回してから、アプローチした。横風だが、微風。サンダルに足を入れるくらい簡単なランディングだろう。ただ、数時間まえに飛んでいったのは、三機だったので、彼はしばらく同じ方向の空を見つめていた。

「どうしたの？」モナミがきいた。

「いや、なんでもない。もう帰れ」口調が少し強くなったかもしれない、と彼は自覚した。

「うん、わかった」それを感じ取ったのか、彼女は顎《あご》を引き、口を尖《とが》らせる。

モナミがエンジンをかけたときには、彼はもう堤防から下りていく斜めの道を歩いていた。重力のせいで足早になっているのか、と思った。そんなに急いでもしかたがないことだ。ポケットに両手を突っ込んでみた。そうして自分の緊張を緩め、ゆっくり歩くことにした。

それでも、すぐに基地の敷地内に入る。滑走路の手前を真っ直ぐに歩く。格納庫が近づいてきた。さきほどの二機は既に、整備工たちによってウィンチで引き込まれようとしていた。彼が近づいていくと、作業の手を止めて、彼らは頭を下げた。

二機のナンバを見る。帰ってこなかったのが、誰なのかわかった。ミズノという新米だ。一度だけ一緒に飛んだことがある。長くはないな、とは思っていた。いつだったか、辞めるような話をしていたこともある。聞き流してしまったが、あのとき、はっきり言ってやるべきだったかもしれない。そんなことを一瞬で考えた。

一機は無傷だが、もう一機には、尾翼と、胴体後部に銃弾の跡があった。主翼の下に回って、ほかの部分も確かめた。幸運な飛行機だ、というのが素直な感想だった。コクピットへ弾が入ったかどうか、それはわからない。角度的に微妙なところだった。主翼の上に乗って中を覗けばわかることだが、しかし、そこまでしたくはなかった。礼儀かもしれない。少なくとも、キャノピィは血で汚れてはいなかった。

　整備工たちは無傷の方をさきに格納庫の中に引き入れた。それを見届けてから、中央棟の方へ彼は向かった。走っている男が遠くに見えた。事務棟の前で三人が立ち話をしている。その前を通ろうとすると、一人が彼を呼び止めた。

「あ、ちょっと、すみません。サインが必要な書類がありましたので」メガネの事務員が言った。もちろん顔見知りであるが、名前は知らない。

　事務棟の中へ入る。事務員は自分のデスクへ行き、書類を持ってカウンタへ戻ってきた。

「ここですね、ここにサインをお願いします」

「何の書類ですか？」彼はきいた。

「誓約書ですね、子供を引き取ったということに対する」

「いや、引き取ったのではない。自分の子供です」

「うん、でも、引き取ったことにした方が、結局は、処理が簡単になると思います。どうします？」

「なんでもいいですが」

「じゃあ、とりあえず、サインを」

　これまでに何枚の書類にサインをしたか、と思いながら、彼はそこに名前を書いた。世の中、肝心なことにはサインをする暇はない。どうでも良いことになるほど、サインが必要なのだ。

「はい、どうも……、これで、来月から、たぶん、手当もつくと思います」

　片手を軽く上げて、部屋を出る。外でまだ二人が立ち話をしていた。

「誰が墜《お》ちたんです？」一人が彼に尋ねた。

「さあ……」彼は知らない振りをした。

　死んだら、誰が自分のための書類にサインをするのだろう。それとも、死んだときのための書類は、もうサイン済みだったか。そうだ、とっくにサインをしたような気もする。

中央棟の前にワゴン車が駐車されていた。建物の中から、二の腕に包帯を捲《ま》いたシマノが出てくる。白衣の医師が車の反対側へ走った。

彼が近づいていくと、シマノがこちらを見て立ち止まり、笑顔になった。プレゼントでももらったような顔だ。

「大したことありませんよ」掠《かす》れた声でシマノが言った。「こんなんで病院へ連れていかれるんですから。ちゃんと歩けるのに」

まだ興奮している。酔っている状態だ。もうすぐ、どっと疲労が押し寄せて、立てなくなるだろう。彼は、シマノの肩を軽く叩いてやった。

「さあ、早く乗って」医師が車の向こう側から叫んだ。

もう一人、医師の助手が乗り込んでから発車した。ゲートの方へ向かって走り去る。方向指示器を出したところで見えなくなった。ほかにもう一人、それを見届けている人物がいた。彼の同僚で、この基地のパイロットでは、ただ一人、彼より年輩の男だ。一度だけ目が合ったが、表情を変えることもなく、また言葉もなかった。

建物の中に入ろうとしたが、ロータリィの端で動くものがあったので、彼は振り返った。敵機ではない。黒い猫だった。向こうもこちらをじっと見た。あれが敵機だったら、危ない角度と距離である。猫は視線を逸《そ》らせ、庭木の陰に音もなく消えた。この近辺で、よく見かける奴だ。基地以外には住宅はない。基地の誰か、おそらく整備工あたりが餌をやっているのだろう。パイロットではない。地上の関係は最小限にしたい、とパイロットなら考えるはずだから。

最小限か、と彼は自分のことを一瞬振り返ってから、階段を上がり、中央棟の中へ入っていった。

## 2

談話室にパイロットが四人集まって話をしていた。彼が通路から中を覗くと、全員がこちらを向いた。

帰ってきたパイロットはそこにはいない。上司の部屋で報告をしているのだろう。彼は迷ったが、通路を奥へ進んだ。そして、大きな木製のドアをノックする。中から返事が聞こえ、ドアを開けて中に入った。

衝立《ついたて》の手前のソファに、この基地の実務上のボスである少佐がこちらを向いて座っていた。まだ若い。数カ月まえ、司令部から転勤してきたばかりのエリート将校である。手前の席には、パイロットのタカシラが座っていた。

「ああ、君か、いいところに来てくれた」少佐が言った。「こちらへ」自分のすぐ横の席を片手で示す。

彼は軽く敬礼をしてから、そこへ行き、腰掛けた。対面に座っているタカシラが上目遣いに彼を見据えた。血走った目だった。彼が今回飛んだ三機のリーダだ。僚機を一機失い、一機は傷ついた。その経緯を説明しているところだ。

その後も、淡々とした口調でタカシラの話が続いた。彼は黙ってそれを聞いた。自分はパイロットとしては最も位が高い。新米の少佐からアドバイスを求められることが多く、こういったケースには呼ばれて、報告を聞くことも珍しくない。自分が加わることによって、なにかの問題が解決されるわけではないが、ただ、自分以外の多くが、それで少しは納得するようだった。おそらく勘違いだろう。それだけのことである。聞いているだけなので、楽な仕事ではないか。

偵察任務であったが、海上で敵機と遭遇。敵も戦闘機が三機だった。タカシラが一機を撃墜していたので、評価としては悪くはない。

「なにか？」と少佐が横にいる彼に尋ねた。

「いえ、特にありません。的確な判断だったと思います」

「私もそう思う」少佐はタカシラの方を見て言った。「以上だ。よろしい、休みなさい」

「シマノは、大丈夫でしょうか？」タカシラがきいた。

「まだ報告は受けていない」少佐はまた横を向いた。

「大丈夫だ」彼が代わりに答えた。

タカシラが立ち上がって、敬礼をする。少し笑おうとしたようだが、まだ、顔が緊張していた。彼はドアのところでもう一度こちらを向いて頭を下げ、部屋から出ていった。

少佐は立ち上がり、デスクへ行く。煙草を一本取り、火をつけた。それから、まだソファに座っている彼のところへ戻り、煙草の箱を差し出した。箱から半分飛び出した一本を彼は指に挟んだ。少佐がライタを貸してくれたので、それで火をつける。

「良かった、三機で行かせて」少佐が煙を高く吐き出しながら言った。「君の言ったとおりだった。マニュアルどおりなら、二機で行かせていたところだ」

「二機だったら、戦わずに逃げてこられたかもしれません」彼は言った。少佐にライタを返す。

「いや、そんなことはしない。そうだろう?」

「わかりません」

「タカシラなら、絶対に逃げてきたりしないだろうね」少佐は口もとを緩めた。「仲間が死ぬかどうかなんて、まったく頭にはない。ただただもう、自分がどう戦って、相手をどう墜とすのか、それだけだ」

「多かれ少なかれ、みんなそうです」

少佐はこちらを向き、片方の眉を上げてから、無言で頷いた。

「もう、よろしいですか?」彼は立ち上がった。

「ああ、悪いが、もう一つある」少佐は対面の椅子に腰掛けた。さきほどタカシラが座っていた椅子である。

彼はもう一度腰を下ろした。片手にはまだ煙草を持っていた。テーブルの上の灰皿へ手を伸ばす。

「扶養手当を申請したそうだね」少佐が脚を組んだ。

「はい」

「結婚をしたのか？」

「いえ、それでしたら、別の手当が申請できます」

「うん。そうだ」

「女と同棲することになりました」

「赤ん坊がいるそうだ」

「はい」

「女の連れ子かね？」

「いえ」

しばらく黙っていた。彼が煙を吐き、少佐も煙を吐いた。

「君の子、ということか？」

「そうです。そのとおり申請しました」

「うん、まあ、プライベートなことに立ち入りたくはないが、あまり、その、なんというのか、君らしいやり方のようには見受けられないのだが」

「そうですか」

「なにか、希望があったら言ってくれ。できるかぎりのことはしたい。たとえば、そう、スクールが指導員として君を欲しがっている。これ、話したんだったかな？」

「ええ、お断りしました」

「情報部も強くプッシュしてきている」

「残念ながら」彼は首をふった。「今の仕事が性《しょう》に合っています」

「楽ができると思うし、その……、子供のためにも……」少佐はそこまで言って、言葉を切った。説得を諦《あきら》めたようだ。頭は悪くない。

彼は煙草を灰皿で揉み消した。

「明日、飛ぶことになりそうですね」彼は言った。

「え？」

「すぐにその指令が来るかと」

「ああ、つまり、あのエリアになにかあるってことか」少佐が言った。「そうだな、それはありそうだ」

それは情報部が考えることだ。飛行機乗りの仕事ではない。自分たちは単に、そのあたりの空に漂っている空気の甘さを感じるだけだ。飛ぶものが集まってきそうな甘い空気かどうかを。

話はそれだけだった。彼は敬礼をしてから、少佐の部屋を出た。

談話室には、タカシラの周囲にパイロットが六人集まって、話をしていた。彼は、そのサークルに入るつもりはなかったが、通路を通りかかった彼を見つけて、タカシラが出てきた。

「ありがとうございます」後ろから声をかけられる。

「何が?」彼は振り返った。

「いえ、庇《かば》ってくれましたよね」

「俺が? いや、そんな覚えはない」

「僚機を失ったのに……」タカシラが片方の目を少しだけ細くした。「もう少し、早く援護ができていたら、と思うと残念です」

「気にするな」

タカシラはじっと彼の顔を見つめてから、小さく頷いた。そろそろ酔いが醒めてくる。これから、どんどん現実の重さ、この地上の重力を感じることになるだろう。何度も何度も、これを繰り返しているのに、空に上がっている間にすっかり忘れてしまうのだ。まさに、酔っているのと同じ。だから、酔いが醒めると、重い失望感に襲われる。

「今夜は、待機組ですか？」

「いや」

「もしよろしければ、どこかへ」

「ああ、悪いが、先約があって」彼は断った。

「すみません。では、またいつか」タカシラは微笑《ほほえ》んだ。

「ああ……」

　タカシラが部屋に戻ろうとする。

「あ、そうだ」彼は呼び止めた。タカシラがドアのところで振り返った。「報告の最初のところを聞いていなかった。敵機は、プッシャか？」

「プッシャでした、三機とも」

「そうか、ありがとう」

　建物から出た。格納庫の方へ歩く。西の空に日はまだ高い。しかし、既に気温は下がり始めている。もう一度、あの堤防まで行くつもりはない。ノルマはなにもないので、帰っても良いのだが、暇なときは堤防の傾斜地で昼寝をするか、滑走路の脇を軽く走るか、それとも、格納庫へ飛行機を見にいくか、といった選択になる。若い頃は宿舎の自室に籠《こ》もって本を読むことが多かった。今は、宿舎には着替え以外に何一つ置いてない。基地の外に住むようになったからだ。生活が複雑になっている、と感じる。歳を重ねると、否応なく複雑になっていくようだ。知合いも増え、職場の人間関係も増える。増えれば、どうしたって絡《から》み合《あ》う。綺麗さっぱり消えてくれるようなものはない。単純に整理できるようなものはない。飛ぶために重量が制限される飛行機とは違って、人生はどんどん重くなっていく。それが許される。重くなってしまえるのだ。

格納庫の側面にある小さなドアから中に入った。彼の飛行機の近くに整備工がいた。台車に座っていたが、彼に気づいて立ち上がり、頭を下げた。

「明日、飛びますか？」向こうから尋ねてきた。

「どうして、そう思った？」

「いえ、なんとなく、そんな気がしただけです」

「それを言いにきたんだ」

「明日、飛ぶんですか？」

「いや、まだわからない。なんとなく、そんな気がしただけだよ」

## 3

二十二時過ぎに彼は帰宅した。職務は三時間もまえに終わっていたが、いつもこんな時間になってしまう。通勤には十数分しかかからない。今にもエンジンが落ちそうな黒いセダンを使っている。以前は白いセダンに乗っていたが、調子が良いのでそちらをモナミに与えたのだ。

眠そうな顔でモナミが玄関で出迎えた。子供は寝ているようだ。静かなのでそれがわかる。

「食事は？」

「食べてきた」

この会話はいつものことだ。どうして彼女がそれを尋ねるのか、理解できない。もし食べてこなかったら、どうするつもりなのか。冷蔵庫に缶詰くらいはあるかもしれない。ほかには、ビールがある。

おそらく、そういった会話を彼女が夢見ていたのだろう。だから、もちろん文句は言わない。彼女自身が、いつ何を食べているのかも彼は知らなかった。子供を連れて、どこかへ食べに出かけているのだろう、くらいの想像である。それ以上のディテールを思い浮かべるまえに、シーンを切り換える。

冷蔵庫からビールを取り出し、グラスを持って、窓際の椅子に座った。テレビは消えている。音が出るものは、子供を起こす。夜襲でも恐れているみたいだ。

モナミが近くに来て、新しい折り紙を教えてもらった、という話をした。近所にそれを教えてくれる老婆がいるらしい。何度かその話は聞いていた。絨毯《じゅうたん》の上に座り、テーブルにべったりと吸いつくような姿勢で、彼女は紙を折った。折り紙の作品は、家のあちらこちらにある。彼にはその価値はわからない。お守りに持っていったら、と渡されたこともあるが、車のダッシュボードに数日置いたままになった。

「誰か墜ちたの？」折り紙をしながら、モナミがきいた。

「ああ、若いのが一人」

「困っちゃうよねぇ、朝出ていった人が、帰ってこなかったらさぁ」

「家族持ちは、ほとんどいない」

「でも、お父さんやお母さんはいるわけでしょう？」

「宿舎で一人だ」

「そう……、故郷へは、あまり帰ったりしないの？」

「帰る奴は、そう、あまりいない」

「その死んだ人も、そうだった？」

「いや、知らない」

「ほら、できた」彼女は、折り紙を見せた。「何だと思う？」

「鳥」

「何の鳥？」

「そこまではわからない」

「インコだよ。ほら、ここのところとか」

「ああ」

「見えない？」

「いや、見えないこともない」

「変な職場だよね」モナミは立ち上がって、キッチンの方へ行く。自分もなにか飲もうと思ったようだ。

「何が？」

冷蔵庫から、お茶が入ったプラスティック容器を出す。それを小さなグラスに注ぎ、また中へ戻した。グラスを片手に持って、こちらへ戻ってきた。

「新しく入った人の方が、亡くなることが多いじゃない。どんどん新しい人が来るけれど、これじゃあ、いつまで経っても同じってことにならない？」

「同じだと、なにかいけないかな？」彼はグラスのビールを飲み干した。瓶に残っていた分をグラスに注ぐが、半分にもならなかった。

「いつ辞めるのかなって、考えちゃうよ」

「誰が？」

「私」

「誰が辞めるのを？」

「もちろん、貴方よ。仕事をいつ辞めるのかなって」グラスを口につける。そして、彼女は小さな溜息をついた。「もういいんじゃない？　貴方くらいの歳になったら、もうほかの仕事に替わらせてもらえるんじゃない？」

「ほかにできることがないからな」

「嘘だよ、そんなの」モナミが口を尖らせた。「もしかして、最後は死のうって思っているんじゃない？　私に赤ん坊を押しつけといてさ」

「悪いとは思っているよ」

「思っているかしら、本当に」

「なにか、嫌なことでもあったのか？」

「いくら嫌なことがあってもね、さあ、もう墜ちていっちゃえってわけにはいかないのよぅ、普通の人間はさ。いろいろあるんだからぁ、もう、むしゃくしゃして、死んじゃいたいときだってあるの。でもさ、そんな簡単に死ねないでしょう？　だいいち、どうやって死んだらいいわけ？　死に方だってわからないじゃない。馬鹿だもの、私……」

「君は、馬鹿じゃないよ」

「あ、ごめんなさい」モナミはこくんと頷いた。

　自分のことを馬鹿だと言う癖が彼女にはある。それをいつだったか、彼は叱ったのだ。そのときは、多少強い口調になっていたかもしれない。彼女の前では感情的にならないように気をつけているのだが、セーブが利かないときもある。

死ねないか、と彼は考えた。

たしかに、簡単に死ねないような仕組みが社会にはある。死なないように教えられ、死ににくいように四方八方から糸で引っ張られている。自分が死んだら、そのあとはどうなるのか、と考えない人間はいない。それを考えること自体が、死ににくい仕組みの効果なのだ。

空に上がることは、その見えない拘束から逃れられること。いつでも死ねる。自分の意志で、自分だけの運命で。そして、死んでも、誰にも咎《とが》められない。大きく悔やまれることもない。憎まれることもない。空で死ぬことは特別なのだ。そういう場所になっている。少なくとも地上から見れば。

しかし、それは違う。

空に上がると、それがわかる。

何がわかる?

それは、生きているか、死んでいるか、ということの無意味さだ。生死など、どちらでも良い、大した差ではない、ということが感覚としてわかるのだ。

特に、相手の飛行機と踊っているときには、躰にその道理が染み込んでくる。それは、道徳とは正反対の、つまり真理。真理だからこそ心地良い。生でも死でもないものに支配される心地良さ。一度でもそれに触れれば、酔《よ》い痴《し》れれば、もう一度、そこへ戻ってきたい、と願うだろう。何度も、何度も……。

そして、一度でもそれを経験した者は、もう生きても、死んでもいない。地上に帰ってきても、しばらくはそのままだ。

彼が座っている足許、絨毯にモナミが座っている。

彼女の背中が、彼の膝《ひざ》を押していた。

人の温かみは、遅れて、じわじわと伝播《でんぱ》する。

女は、生きていることをときどき感じさせてくれるものだ、と彼は考えていた。生きていることを感じたいときには、ありがたい存在だが、それを感じたくないときには鬱陶《うっとう》しい。今はどちらだろう？

視線を上げる。

天井を見た。

ぼんやりとした白い蛍光灯は、まったく眩しくない。

隣の部屋で、小さな声が。

モナミが背中をすっと離す。その反応の素早さが、彼女の優しさだ。舵を切るときの素早さも、相手に対する優しさ。それと同じ。

二人は息を殺して、隣の声を聞いた。泣きだすか、と思われたが、そのまままた静かになった。

モナミが溜息をついてから、振り返って彼を見た。そして、にっこりと笑うのだ。

「生きているな」彼は言った。

「そうね」モナミは白い歯を見せた。

## 4

まだ暗いうちに彼は家を出た。モナミも子供も寝息を立てて眠っていた。息が白くなるほど、外は冷え込んでいる。基地の駐車場に到着する頃、ようやく車のヒータが暖かい空気を吐き出した。しかし、躰はもう充分に温まっている。不思議だが、飛ぶときにはいつもこうだった。

中央棟に顔を出して出勤のサインをした。それから、格納庫へ向かう。一緒に飛ぶ連中がもう揃っていた。彼が近づいていくと、早い敬礼をした。みんな自分よりも若い。なにか言葉を待っているような顔だ。言葉なんて、なんの価値もないのに、縋《すが》りたいときはある。地上にはそんなものが、まだある。

彼は、言葉を考えるために煙草に火をつけた。なにげなく目をやると、格納庫の横の茂みの下に、例の黒猫がいた。こちらをじっと見据える目がグリーンに輝いていた。

「あいつ、いつもいますね」一人が言った。

そいつはベテランだ。彼がここに来るまえからいる男で、何度も一緒に飛んでいる。そいつも、遅れて煙草に火をつけた。

「猫だったら、墜ちても、あと八回は飛行機に乗れますよ」そう言って、そいつは笑った。意味のわからないことを言う奴なのだ。

ほかの二人は、まだ半年以内の新人。その二人は、猫と同じようにじっと彼の方を見つめたまま。二人とも、彼と一緒に飛ぶのは今回が初めてだった。

「煙草は？」彼はきいた。

「いえ、自分は吸いません」

「自分もです」

「コーヒーくらい、まだ飲む時間はある」

「はい」

もう飲んだのだろう。格納庫の奥を見ると、壁際のテーブルに白い紙コップが見えた。

四機は、格納庫の前に既に引き出されていた。四機で飛ぶという意味は、偵察ではない。また、護衛任務にしても、かなり交戦の確率が高い場合だ。

彼は煙を吐いた。

「特に、言うことはないが、なにか質問は？」彼はきいた。
「いえ、ありません」一人が即答した。
もう一人も黙って頷く。
「綺麗に飛ぼう」彼は言った。
自分のことだけを考えて、
自由に、
楽しく、
なにも考えるな、
といった言葉を呑《の》み込《こ》んだ。馬鹿馬鹿しい。
言葉は馬鹿馬鹿しい。どれも、嘘だ。
煙草が短くなるまで吸うことができた。
コクピットに乗り込み、最後のテスト。
キャノピィをロック。
エンジンが始動。軽やかに排気が吹き上がった。
プロペラが見えなくなる。機体の振動が大きくなり、そして細かくなった。
メータをチェック。異状なし。
舵を切る。整備工が手を挙げて応える。

時計を見た。

片手を上げてサイン。

ブレーキを解除。

機体は動きだす。

アスファルトに接したタイヤが苦しそうな音を立てているだろう。

しかし、エンジン音に掻《か》き消《け》されて届かない。

広い滑走路の端へ向かってタキシング。

天候は女の肌のように軟らかい。

彼が最初だ。滑走路の端で向きを変える。そこで一時停止。

管制塔からはすぐにゴーサインが出る。

左手がスロットルを押し上げ。

右手は操縦桿に軽く触れている。まだ出番ではない。

ラダーを両脚が。

機体は走り。

尾輪がまず地面を離れ。

主翼が空気を摑《つか》み。

右手がほんの少しだけ操縦桿を引く。

静かになる。機体が浮き上がった。

管制塔の方を見る。

五メートルほど上がったところで、操縦桿を僅《わず》かに左右に。

左右に傾く。

挨拶をしてやった、地上の連中に。

メータをチェック。

脚を引き込む。

そのカバーが閉まる音は、いつ聞いても気持ちが悪い。

右へ少し機首を振って、後方を確認。

二機めが離陸したところだった。

そのまま緩やかな角度で上昇。

地面はしだいに遠景になっていく。

青い空がますます明るくなる。

前方の高いところに雲。視界は良好。

しばらく、ゆったりと飛んでいるうちに、残りの三機が追いついてくる。高度を維持し、東へ向かう。すぐに海の上になった。まだ三十分はこのままだろう。

少し寄って、隣のコクピットへ、手でサインを送る。

相手も、それに応える。異状はない。

もう、みんな笑っているだろう。

自分も、うきうきしているのがわかる。エンジンが回っているうちは大丈夫だ、という不思議な感覚が生まれる。この音が鼓動だと。

そして、是非とも誰か、

ここへ来てほしい、と願う。

出会いたい、と望む。

それは、相手を墜としたい、という欲求ではない。

弾を撃ちたい、という気持ちでもない。

戦いたい、という意味でさえない。

では、何だ？

それを示す言葉が、たぶん地上にはない。

言葉は地上のためのものだから。

空には言葉がない。

ここだけにある感覚を表す言葉はない。

一番近いのは、たぶん、

踊る？

それとも、
戯れる？
そう、飛び回って、遊びたい。
走り回りたい。
この広い、美しい、自由な場所で。
尊厳と孤独を懸けて。
ここへ上がってくる奴は、みんな素晴らしい。
ボンネットの黒猫マークが見えるか？
敵も味方もない。
敬意をもって出迎えよう。
みんな、自分に確かなものをくれる奴らだ。
生と死を教えてくれる。
神かもしれない。
そんな神に会える場所。
だから、こんなに心が躍る。
期待と憧《あこが》れに、躰が震える。
今までも。

今でも。
これからも。
ずっと。
もう辞めようと思っていても、ここへ来ると忘れてしまうのだ。
辞める？　何を？　そう、何を辞めるのかさえ、わからなくなる。
ただ、ここにいられる時間が短いことだけが唯一の不満だ。
こちらの世界の方が本当なのに。
ブルーと振動と空気しかなかった世界に、小さな点が現れる。
パルスの信号もキャッチ。インジケータが点灯した。
この頃、少し視力が落ちたが、大丈夫、ここへ来るとちゃんと見える。
彼は主翼を左右に振って応えた。
ゴーグルを一度外し、冷たい新しい空気を入れる。
深呼吸。
首を左右に捻った。
肩を軽く上下させる。
力を抜け。
流れるように。

綺麗に飛ぼう。
それだけを考える。
嬉しい。
顔は笑っている。
そっと、
優しく、
そして、
美しく、
飛ぼう。
限りなく、
いつまでも、
続くことを祈って。

# Waning Moon

Why had he been given to her, if only to be taken?

Who had called him away in the night so swiftly that he had not had time even to say 'Farewell'...?

## ワニング・ムーン

いずれは取上げられるものならば、何ゆえに彼はわざわざ彼女に与えられたのか。

さよならをいうひまさえ与えず、夜のまにすみやかに彼を呼びもどしたのは、はたして何者なのか。

# I

愉快なダンスパーティの夢を見ていたらしい。そのリズムだけがいつまでも続いて、呼吸なのか、痙攣《けいれん》なのか、躰《からだ》に残っていた。それでも、ゆっくりと目を開けてみると、すぐ近くに光。キャノピィだ。帯電してるようにぼんやりと光っている。綺麗だ。何の光だろう。空はもう明るくない。上に見えるそこが本物の空だとしたら。そう、もう飛んでいないのだ。思い出した。それは確かだった。

躰は冷たくて、半分も感覚がない。首を動かして頭を起こし、メータを見た。それが自分の躰の状態を示しているような気がしたからだった。でも、意味がわからない。針もカウンタもすべて停まっている。インジケータも消えている。傾いているのでもなく、かといって、停止しているのでもない。ゆったりとした周期で僅《わず》かな加速度を感じた。ここは、砂漠ではなさそうだ。鯨にでも呑まれたのか。

墜《お》ちてから、どれくらいだ？

ここは、どこだ？

もう一度、目を閉じた。夢の再生に戻る。少しずつ映像が蘇《よみがえ》った。体感が微《かす》かな香りのように戻った。

そうだ、あれは凄《すご》かった。

スピンしながら近づいてきた敵機。

ぶうんと風が鳴るような。

こちらの弾は確実に当たった。まるで吸収されるように。けれど、もう一機がその先で失速して正面に立った。大きく両手を広げたみたいに。

また撃った。

回避。

しかし、一瞬だけ、ほんの一瞬だけ遅かったかもしれない。その直立した機体のキャノピィを見たのだ。上にも一機いたから、そちらも見た。どちらかの一瞬が、たぶん余分だっただろう。あとから考えればわかる。後悔しても、しかたがない。

左へ転回。

フラップやスロットルを操作する暇はなかった。パスだ。考えもしなかった。

ほんの一瞬だけ、アップ。

機体は上を向いたけれど、速度は全然殺せなかった。そのまま滑るように、空気を無理矢理押しつけて、相手に近づいていった。相手の機体は落ち始め、既に煙の中だ。

その煙の中へ。

主翼が接触。

見えない。

大きな音と衝撃。

反動で逆方向へ回転し、今度は自分がスピン。世界がぐるぐると回ったけれど、周囲は灰色だからよくわからない。目を瞑《つむ》った覚えもない。

子供の頃、ボクシングをしたことがあった。打たれ続けて目が開けられなくなったっけ。あんな感じ。初めて思い出した、そう、あれに似ている。

コクピットのどこかでぶんぶんと振動音。メータが左右に揺れた。操縦桿は固まってしまい、半分から動かない。それでも、脚を踏ん張って、ラダーを逆へ切る。自分の体感を信じて、エレベータを小刻みに切った。スロットルはもちろんスロー。知らない間に左手が処理している。フラップが使えるか。だが、効果はないだろう。

回転がゆっくりになった。降下していることがメータでわかった。雲の中だろうか。視界はほとんどない。

エレキギターの音が聞こえた。どれかの計器が故障したのかもしれない。しかたがないので、ゴーグルもヘルメットも外した。急に視界が開け、機首の方向に、黒いものが見えた。地面だ。海か？　それとも……。

エルロンが利かない。片方にだけだ。主翼を見る。左の垂直スタビライザから先がなかった。水蒸気みたいに白い煙が筋を引いている。燃料かな。フラップを試してみたが、ほとんど変化はない。ラダーも有効なのは片方だけだから、変な具合だ。真っ直ぐ飛ぶのは無理。姿勢制御を諦《あきら》め、とにかく、旋回しながら、海面に滑り込もう、と考える。

脱出するという選択肢もあったけれど、どうせ下は海なのだ。飛行機から離れたくなかった。理由はない。なんとなく、そう考えただけだ。

上には遠ざかる雲。灰色と白。海へ突き刺さった黒煙の柱が遠くに二本見えた。ああいう墜ち方に比べれば、こちらはずいぶん紳士的だといえるか。

どこかから声が聞こえた。

誰だ?

辺りを見回した。キャノピィの外に天使でも飛んでいるのか、と思ったくらい。ああ、もしかして、もう死んでいるのか、とも考えた。

ヘルメットのレシーバから漏れた声だった。慌てて被り直す。

「応答可能か?」声が聞こえた。味方らしい。

「ああ、浮いているよ」自分の声が答える。

「被害は?」

飛行機の被害だろうか、それとも操縦士の被害だろうか。

「わからない。エルロン片利き。操縦は困難」

「不時着か脱出か？」

「ああ、なんとか降りてみる」

「位置を確認した」

「了解」

降りたら、大人しく待っていろ、ということらしい。

きっと、それ以外にないだろう。

上方、暗い雲の近くに、機影が小さく見えた。わざわざ下りてきてくれるとは親切じゃないか。不時着に失敗して大破するのを見届けるつもりかもしれない。

それからのことは、記憶があまりない。

直前にゴーグルをかけ直したところまでしか覚えていない。

いずれにしても、大破は免れた。

生きている。

さて、しかし、いつまでここで待っていれば良いのか。

位置を確認したというのは、ここで待っていろ、救出に来てやるから、という意味だと思われる。だが、飛行機と操縦士がじっとしているつもりでも、海というのは、じっとはしていない。よくわからないが海流というものがあると聞いている。すぐに迎えが来るなんてことはまずないわけで、どう考えても、数時間はかかるだろう。そのときには、もう位置は変わっているはず。それに、そもそもその位置がどの程度の精度かといえば、もの凄く楽観的に見積もっても、数キロの単位だ。晴れ渡った天候で、視界が良ければ発見されるかもしれない、という程度の「位置」なのだ。

　気がつくと、足許には既に海水が侵入していた。船としての機能は飛行機にはない。沈んでしまうはず。ただ、たちまち沈むほど重くはない。空気が上手い具合に機内に溜まれば、長時間浮いたままになることもあるらしい。そういったことを、伝説なのか、物語なのか、聞いたことがあった。マニュアルには、バッテリィを切り、無線用の電源を節約する、という対処以外は書かれていないはず。ただじっとしている以外にない。

　キャノピィを開けたかったけれど、これはやめておいた。外に出たところでろくなことはないだろう。人を襲うような狂暴な魚類がいるかもしれない。魚のことはよく知らないが、少なくとも大好きというほど信じてはいない。

　寒くはない。足許の海水も冷たいわけではなかった。幸い大きな怪我もないようだ。左右に揺さぶられ、ベルトで締めつけられたおかげで、動かしたり触ったりすると痛い箇所がある、というくらいだ。痣《あざ》は残っているだろう。見たくもない。そんなことは日常のフライトでもあること。

　それからまた、しばらく目を瞑って、雲の上で最後に踊った光景を思い出していた。目を瞑ると、視界は明るくなって、鮮明で素晴らしく速い映像が繰り返された。特に、最後の衝突シーンは何度も何度も。腕が動く。こうすれば良かった。もう少しだけこちらだったら、擦り抜けられた。そういった美しい可能性を見つけて、密かに嬉しくなるのだ。次は絶対にそこへ切り込もう。そう、その手があった。こうやってだんだん強くなっていくのだ、と満足感に浸ることができる。生きているのも、捨てたものじゃない。

ただ、目を開けると、どんどん暗くなっていく空しかなかった。

灰色から紫色へ。

　腰まで海水が満ちている。ベルトを外して、なるべく躰を高い位置に移動。それでも、ここは狭い。たぶん、一生ここで生きるなんてことは無理だ。そう考えると、また笑えてきた。だいぶ気持ちが落ち着いたようだけれど、その代わりに躰はだんだん重くなった。海水が染み込んだせいなのか、それとも、高度の低さによるものか。とにかく、真っ黒なオイルみたいな疲労感が、全身に隈無《くまな》く染みわたって、じんじんと痺《しび》れてきた。

　そのまま眠っていたらしい。

　どれくらい時間が経過したのか、パネルにある時計の針に目の焦点を合わせて、それから、計算をした。ほんの一時間半ほどだった。もう二日間くらい眠っていたような気がした。その間に、地球上の生命が死滅して、すっかり時代も変わってしまったようにも思えた。

キャノピィが違う光り方をしていた。月のせいだった。

少し躰を起こして、空を見上げると、後方に満月が浮かんでいた。もの凄く明るい。サーチライトみたいに。

空が軟らかい雲に包まれているようだった。でも、そんな大きな雲があるならば月は見えないはず。不思議だ。ここは海ではなく、雲の上に浮かんでいるみたいに思えた。コクピット内の浸水がなければ、そう信じられたかもしれない。

手を伸ばして、バッテリィのメインスイッチを操作した。既に反応がない。ここまで水に浸かっていては無理もない。塩水は伝導体だ。そうか、それで時計も止まっているのか、と気づく。腕を上げて、自分の時計を月へ向けた。思ったほど時刻のギャップはなかった。

まだ沈まないのだ。もしかして、このままだろうか。今まで浮かんでいたのだから、なんとか朝まで持ち堪えるかもしれない。息苦しさはなく、コクピットが密閉されている様子もなかった。暑くも寒くもないので、このままだったら、しばらくは生きていられる。はたして、助けが来るだろうか。飛行機自体はもう駄目だろうけれど、パイロットはまだ使えるはずだ。そう考えて、溜息をつき、一人で微笑《ほほえ》んだ。

## 2

次に目が覚めたときには、周囲が眩《まぶ》しい光に包まれていた。空から光の塊が墜ちてきて、細かい粒子が降り注いだような感じだった。もう胸のあたりまで海水に浸かっていて、顔のすぐ近くに水面があった。

光源が動いたとき、黒い大きな物体が見えた。リズミカルなエンジンの音が鳴っていることにも気づく。

躰を起こして、キャノピィを擦《こす》った。外を見る。すぐ近くに船がいるのだ。助かった、と思う。

キャノピィを開けるためにロックを外した。思うように自分の指に力が入らなかった。水に浸かっていて皮膚がふやけてしまったのかもしれない。

金具を外し、なんとかそれを押し上げると、冷たい空気が入り込み、顔に飛沫《しぶき》が混じった風が当たった。こんなに寒かったのか、と初めて感じた。

上から声が聞こえる。よく聞き取れなかった。それに、そちらは眩しく目を上げられない。とりあえず、手を上げて振って応える。

それでも、波は穏やかな方で、上下動の加速度は緩慢だった。というよりも、既にすっかりその周期に慣れていた。大きな物体が近づいたおかげで、初めて上下に動いていることが目で見てわかった。

　海面になにかが落ちた。白い浮き輪だ。ロープが付いている。ライトがその浮き輪の方へ向いたおかげで、ようやく上の様子を見ることができた。船の甲板は数メートルも上だ。何人もの人間が下を覗いている。

　夜の海の中へ飛び込むなんてぞっとしなかったけれど、どうやらあとは自分の力でなんとかしろ、という方針らしい。コクピットから出ることにした。持っていくものはない。身分証明書などはジャケットのポケット。

　飛行機は翼がほぼ沈んでいる。その翼の上に脚を乗せて、斜めに開いたキャノピィを潜《くぐ》るようにして、外に出た。躰が重い。そして冷たい。いろいろな感覚が戻ってきた。急に気持ちが悪くなったし、頭も痛くなってきた。こんなことができる体調ではなかったのかもしれない。

　浮き輪まで泳いで、それに摑《つか》まった。それから、ロープで引き上げられた。このときには、海水に浸かっている飛行機ばかり見ていた。もうこのまま、こいつとはお別れだ。そう思うと、棺桶の蓋を閉めるときのような奇妙な感覚になった。主翼の端以外は、ほとんど原形を留めていて、綺麗なシルエットだった。キャノピィを開けたためか、既に沈みつつある。

最後は沢山の手に抱えられて、甲板の上に。大きなタオルを躰に捲《ま》かれた。担架に乗せられ、部屋の中へ運ばれた。手首を握られて、脈を測られる。幾つか質問され、それに答えた。急に眠くなってきた。

着替えをするように言われた。シャワーを浴びるか、と尋ねられたので、少し考えてから、頷いた。そうか、シャワーなんてものがあるのだ、ここには。船は凄いな。

熱い湯を浴びたら、たしかに、気持ちが少しだけ良くなった気がした。というよりも、本来はこんなふうだった。こういう具合に生きていたのだ。それがだんだん停止しそうなくらい、鈍っていたのだ、とわかった。

ぶかぶかの服を着た。この船にはこれしかないので、と謝られたが、まったく気にならなかった。自分の服を着るつもりでいたけれど、たしかに濡れていない方が気持ちは良い。大きなタオルで頭を拭きながら、椅子に座った。クッションも柔らかい。こんな大きな椅子が載っているのだ、とまた感心した。

「どうですか、気分は」男がきいた。白い制服を着て、白い手袋を填《は》めていた。部屋には、ドアのところにもう一人若い男が立っている。そいつもこちらを見ていた。

「大丈夫です」答えてみると、自分の声が掠《かす》れているのがわかった。「あの、この船は、貨物船ですか？」

「ええ。偶然通りかかり、発見したのです。この海域で捜索が行われているという報告は受けておりませんでした」

「もう連絡は？」

「はい、もちろん。確認中です」

「ありがとう」

「いえ、当然のことです。あの、怪我はありませんか？」

「たぶん……、ええ、ないと思います」

制服の男は、じっとこちらを見据えてから、少し遅れて微笑んだ。

視線を下へ。自分の手を見る。袖が長いから、手が半分隠れていた。それを捲《めく》って、手首に触れる。指を曲げてみる。どこも異状はない。海水でふやけてしまった、と思っていたけれど、大丈夫みたいだ。

不思議と、助かったという安堵の気持ちはわき上がらなかった。ただ成り行きで、こんな船に乗ったのだな、この人たちに余計な作業をさせて、時間を取らせてしまい、迷惑をかけたのだな、と考えた。それに対して、自分にできることはないだろうか。

「部屋の掃除くらい、できますけれど」そんな言葉が口から出た。

「は？」男は口を開けて、幾度か瞬《またた》いた。それから、ふっと息を漏らした。たぶん、ジョークだと認識したのだろう。

しばらく沈黙。

部屋を見回す。木製の壁、そしてフローリング、それに上等な家具。男は白く塗られたデスクの椅子に腰掛けている。デスクの上は、ステンドグラスのランプが淡く照らしている。船はほとんど揺れない。大型船なのだ。ここが海上だということを忘れてしまいそうだった。

「なにか、飲まれますか？」男は尋ねた。「コーヒーはいかがです？」

「はい」頷いた。そういえば、と思い出した。喉が渇いていた。しかし、何時間もなにも飲んでいなかったわりには、それほどでもない。

男はドアのところにいる若者の顔を見た。その若者は頷いて部屋を出ていった。そういう係だったのだろうか。

「連絡があって捜索をしていた、というわけではなかった、としたら……」疑問に思っていたことを、質問してみる。「よく発見できましたね。誰が見つけたのですか？」

「私です」男は答える。

目と目が合った。男は微かに微笑んでいるように見えた。そういう口の形なのかもしれない。

「非番でした。夜風に当たろうと、たまたま甲板に出て、それで、本当に偶然です、微かに光るものが見えました」男は語る。「そして、すぐに船を止めさせ、引き返しました。このあたりで、こんな海が穏やかなことは滅多にありません。月も出ていて明るかった。

運が良かったのですね」

「朝になったら、沈んでいたかもしれないし」

「はい、たぶん……。捜索隊は明るくなってからだったでしょうからね」

## 3

彼はこの船の副船長だった。

深夜に目が覚めた。怖ろしい夢を見たからだ。

立ちはだかる石の壁から、大勢の人間の首が突き出ていて、彼を見下ろしていた。壁の上からは偉大なる声が、彼を招いていた。壁を上ってこい、と声は命じる。壁を上るためには、人間の首を足掛かりにしなければならない。首たちは、どうぞ自分たちに足を掛けなさい、と優しく言うのだが、実際に体重をかければ、悲鳴のような声を上げる。

途中まで上ってみた。下を見ると、もう地面からは遠く、高い位置まで来ている。それなのに、さらに天に向かって壁ははてしなく続いている。無数の首が下を向いて、彼をじっと見つめていた。彼が乗っている首は、呻《うめ》き声を上げている。半分しか見えない夜空に、白い月が一つ。偉大なる声の姿はどこにあるのか。今はもう声は届かない。聞こえるのは、首たちのひそひそ声、息遣い、そして下からは呻き声。

自分の呼吸。掠れた空気。額から汗。

夢だ。

いつも見る夢だ。

ベッドから足を下ろし、靴を履いた。立ち上がり、ここが現実だということをようやく感じた。

顔を洗いにいく。それから、口を濯《ゆす》いだ。そのときには、もう鼓動は平生に戻っていた。

ドアを開けて、外へ出る。

デッキを歩く。船は停まっているように静かだった。

ぼんやりとした天空。平たく広がる海原。

風は冷たくもなく、生暖かくもない。

手摺から身を乗り出して、下を眺めると、たしかに広がっていく筋が見える。海の上を滑るように進んでいるのがわかる。こんなに静かな海は見たことがなかった。

周囲には空と海しかない。なにも見えない。空には満月と形のない雲。海は、それを細かく反射するだけ。

突然、彼は解決策を思いついた。

否、もしかしたら、ずっと以前から気づいていたかもしれない。

このまま、この手摺を乗り越えて、この海の中へ沈もう。

この時刻ならば、発見されることはないだろう。操舵室からは、死角になる位置だった。誰にも気づかれず、飛び込むことは簡単である。今すぐにでも、実行できる。

本来ならば、もう少し海水が冷たい場所が好ましい。その方が確実だ。けれども、今回の航海では、そんな北の海域は通らない。

しばらくは、生きて、漂うことになるだろうか。

それも、また、神の意志か。

神？

そんなものが、はたして……。

否、それを考えてはいけない。

そう、それを口にしてはいけない。

それは破滅だ。

すべての破滅だ。

上着のポケットに煙草があったので、彼はそれを取り出し、一本を口にくわえた。ライタを探す。別のポケットでそれを見つける。いつもの場所だ。そう、いつもの場所に、神はいる。

火をつけて、煙を吐く。

そして、思い出した。

数年まえまで、彼は別の会社にいた。航海士として、空母に乗っていた。戦闘機を載せる船だ。ただ言われるままに、計算をし、海図にラインを引いた。迷うようなことはなく、考えることもなかった。計算するだけ、ただ機械のように。

そこで見たものは、無表情な人間たちの顔、顔、顔。

特に、飛行機に乗る連中の顔。

自分よりもずっと若いのに、悟ったように落ち着いた目。

僅かに微笑んだ形で動かない口もと。

サインが出ると、軽く片手を上げて応えるだけ。

そして、カタパルトに引かれて飛び出していく。

それっきり、戻ってこない者も多かった。

戻ってきても、傷ついて、動かない者もいた。

酷《ひど》いときは、そう、あのときだ。

着艦する機体に掛けるワイヤの不具合で、急停止した機体があった。フックが破損したものの、機体は無傷だった。しかし、キャノピィを開けると、パイロットは死んでいた。ベルトに締めつけられ、加速度にやられたのだ。

白い顔の女だった。

どんな感情も、そのときの彼は遮断していた。だから、なんとも感じなかった。それは普通の勤務、すべて仕事だ。人が死ぬのは自然の摂理。すべてが神の意向。あらゆる運命はスケジュールどおり。

あの顔が、今でも再生される。

何度も。

そう、壁の首たち。

あれは、彼女の首だった。

私を踏み台にして、この壁を上りなさい。

そう言っている。

みんな、そう言っている。

生きることは、これほど恨めしいものか。

煙草の煙は見えなかった。たちまち風に同化し、消えていく。彼は、短くなった煙草を海へ投げ捨てた。そして、手摺を握る。

自分の手を見た。力を込めて。

これを乗り越えよう。

そうすれば、すべては消える。

自分も、あの恨めしい壁の首になれば良い。

上る者よりは、幸せではないか。

周囲の海は砂漠のように動かない。風だけが、彼に作用していた。

白い月。

あの月も、いずれは陰る。

今だけだ。

光るものがあって、彼は視線を向ける。

波頭《なみがしら》？

そうではなく、もう少し直線的な輝きだった。前方からどんどん近づいてくる。船の横まで来たとき、カプセルのようなものだとわかった。中に人形か人間の姿が見えた。

月明かりにぼんやりと光るカプセル。

その中に、白い顔が。

眠るような穏やかな顔が。

やがて、カプセルの周辺に、黒い海面に沈んだ影がわかった。

彼は船尾へ走った。

もっと、それを見ていようと思った。あるいは、その美しさに見惚《みと》れていた。

天使か。

それとも……。

ノアの方舟《はこぶね》だ。

ハトが戻ってきたぞ。

「船を止めろ！」彼は叫んでいた。

位置を確認し、近くの壁へ走る。

船内電話を掴む。

「緊急停止。左舷後方に、遭難者を発見した。緊急停止しろ」

ハトが戻ってきた。陸地はまだない。

4

眠れなかった。

ベッドで数時間横になっていた。目を閉じてじっと動かないでいた。

それでも、見えるものは同じ。雲の上の明るい空。綺麗なダンス場。煙と閃光。爆発音と振動。腕に伝わる舵の重さ。反動と反射。意識は捥《も》ぎ取《と》られるように掠れ、恍惚とした甘い血の香りに包まれる。瞬時にまた、冷たい金属の表面に頬を擦りつけ、爆音に揺れる世界に連れ戻される。

横転、そして上昇。失速、そして全開。風を切り、風を潜《くぐ》る。スピン、ループ、ロール、スリップ、スライド、ターン。世界は左右へぶれ。上が右へ、下が左へ。光、破片、微動、呼吸、針、メータ、レバー。酸素、指、爪先。

見える。来る。

過ぎて。避《よ》けて。

引く。待つ、息、止めて、撃つ、避けて、振る、滑る。

踊る、踊る、いつまでも。

けれど、息を止めて、計算する。次の軌跡を。次の活路を。

予測し、先手を打つ。

素晴らしい、速い、軽い。

的確に、冷たく、静かに。

右手は右腕に従い、左手は左腕を誘う。

躰は、既に機体の一部。一体、同化、溶け込んで。

思考はメータの針の先に。

撃つ。

避ける。

転回。

下へ。

落ちる。

何度も何度も何度も、繰り返す、少しずつずれて、繰り返す、少しずつ擦れて、少しずつ刻まれ、繰り返す、繰り返す、少しずつ消えていく、消えていくまで、繰り返す。

命はどこだ？

命は、ここにはない。

そんなものは、飛んでいない。

撃ちまくった。

先へ先へと、閃光が走り。

撃つ、撃つ。

煙が走る。

避ける。

白い雲に包まれ、急に静かになった。

これは？

ふんわりと包まれた自分の躰。浮遊感。

締めつけられていた感覚が遠ざかる。

これは、何だ？

手足を伸ばし、自由に、どこまでも、抵抗なく。

海面が近づいてくる。

墜ちているのだ。

そうか、終わったのだ。

もう、死んだのだ。

近づいてくる海面。

そこに浮かんでいる自分が見えた。

同時に、その躰の中へ。

視線は瞬時に切り替わり、夜空を見上げていた。

月だ。

白い。

真っ黒な空はぼんやりと霞んでいる。

手を伸ばすと、その天空の手前に透明なキャノピィ。

プラネタリウムのように、夜空はそこに投影されていた。

もしかして、これらすべてが作りものなのでは、と発想する。ついさきほどまでの死闘は、このスクリーンに映しだされていた幻影だったのか。あるいは、自分の天蓋に映っただけの幻だったのか。

しかし、それでも良い。

それでも美しい。

それでも愉快だった。

その確信が喉から上がってくる。そして、口から漏れ出て、掠れた声になる。

「もう一度あそこへ」

目を開けた。残念なことに、暗い部屋のベッドにまだ腰掛けていた。立ち上がり、部屋の照明をつけよう、と壁に近づく。しかし、ドアの方が近かった。そこを開けて、外へ出た。

通路の壁に並ぶ丸い窓の一つを開けてみる。空気が流れているのがわかった。風ではない。船が進んでいるのだ。

階段を上がり、ドアを開けて、デッキへ出た。

手摺越しに海を眺めた。躰を乗り出して、海面を見た。なにもない。真っ黒だった。空にも、既に月はない。そろそろ夜明けだ。しかし、どちらが東なのかわからなかった。

ふと、振り返って後方を見ると、一層高いところの手摺に白い手袋が見えた。

ドアから通路へ戻り、階段を上がっていく。船尾へ向かう方向だ。ドアがあったので、そこから出た。

白い制服の男が立っていた。さきほどの彼だ。この船の副船長である。数時間まえに、彼のおかげで、自分は救われた。

「眠れませんか?」彼はこちらを向いて、遅れて微笑んだ。

「いえ、眠れました。今、目が覚めたのです」

「まだ、四時ですよ」

時刻は知っている。

「十一時にあなたの迎えが来ることになっています。連絡がありました」

「そうですか。ありがとう」

「それまでは、ゆっくりしていて下さい。要望があったら、なんでも……」

「いえ、充分です」

「飲みたいもの、食べたいものは?」

「ありません」

「煙草は?」

少し考えた。

男は微笑んだまま、ポケットから煙草を取り出した。そして、それをこちらへ差し出した。

一本を箱から抜き取る。ライタも貸してくれたので、それで火をつけた。

煙を吐く。懐かしい香りがした。

彼はじっとこちらを見つめていた。煙草とライタを返す。それらは元のポケットに収まった。

「貴方は、何を？」煙と一緒に質問を。「海を見回るのが、任務ですか？」

「いえ」彼は首をふった。もう笑みは消えていた。

沈黙。

風は一定。

海は荒れていない。

真っ黒な海と空。

静止している、と錯覚できる。

宇宙にいるようにも、錯覚できる。

煙を吸い、煙を吐く。

息を吸い、息を吐く。

人は生まれ、人は死ぬ。

人は殺し、人は殺される。

「待っている人がいますか？」彼が言った。

変な質問だと思った。

「どういう意味ですか？」

「いえ」彼は苦笑したようだ。「あなたが帰ってくることを待っている人が、きっといるでしょう? 今頃、心配されているはずです」

「いえ、そんな人はいません」

息を吐き、彼は振り返って海を一度見た。

「でも、信じていたでしょう?」彼はこちらを向いて尋ねた。

「何をですか?」

「つまり、生き延びられる、と」

「いいえ」

「自分は助かると信じていたのでは?」

「いえ、そんなことは」

「では、どうして、飛行機の中に?」彼は目を細め、見据えるような視線になった。「助かる確率は低い。海に身を投じようとは思いませんでしたか?」

「ええ」

「飛行機がいずれ沈む。それと一緒に自分も沈もうと思っていたのですか?」

目を瞑って思い出した。しかし、そんな心当たりはなかった。

「違います。そんなことは考えなかった」

「では、どんな思いで? あの中で一人、何を考えていたのですか?」

「特に、その、なにも考えていません。いつもと同じです。ほとんどは眠っていましたし。

飛行機を操縦しなくても良くなったからです」

「解放されたと？」

「解放？」

「戦いから解放された、という意味です」

「いえ」首をふった。考えたが、それも違うと思えた。「そんなことは考えたことがない」

そして、どうしてこんな質問を受けるのだろう、と考え始めた。この男は何を知ろうとしているのか。質問は非常に抽象的だ。ただ、機密事項を探ろうといった動機ではなさそうだ。それは理解できた。

「では、どう思いましたか？　私があなたを見つけて、救出できたことを」

「助かったと思いました。感謝しています」

「何故ですか？」

「何故？」

「生き延びられたから？」

「もう一度、飛べるからです」

「ああ……」男は小さく口を開けた。そして、視線を上へ向ける。

空を見たようだ。真っ黒な空を。

真っ黒な雲。

その上にある宇宙。

この男は、知っているのか。

見たことがあるだろうか。

「そこは……」男は溜息をつき、そして、再び笑みを浮かべる。「空は、きっと、海の中みたいでしょうね」

海の中のことは知らない。

そこでは、戦えないだろう。

しかし、多少は似ているかもしれない。

少なくとも、地上や海上よりは、空に似ている。

煙草が短くなったので、どうしたものか、と辺りを見回した。

白い手袋が海を指さした。

その指示に従って、煙草を海へ投げ捨てた。

小さな赤い火が、斜めに落ちていき。

海面に落ちるところまで、見ることはできなかった。

「海は、なにものも、浄化します」男は言った。

浄化、という言葉を考えた。

空は、なにものも、浄化しない。

なにものも、そこには留まれない。

「よければ……」男は、さきほど仕舞った煙草とライタをまたポケットから取り出した。

「これをどうぞ」

「え？」

「私は、もう吸いませんので」

その意味はそのときはわからなかった。

しかし、

翌朝、迎えにきた飛行艇に乗り換えるため、小さなボートに下りるときになって、別の船員から聞いたのである。

彼が既にこの船に乗っていないことを。

# Spit Fire

There seemed to be no place that Snowflake could go to find peace in the vast ocean through which she was now drifting aimlessly, driven by wind and current, or roaring storm.

# スピッツ・ファイア

風や潮や、吼《ほ》えたける嵐《あらし》に追われながら、こうしてあてどもなくただよっていると、この茫漠とした大わだつみでは、自分の安らぎの場などどこにも見《み》出《いだ》せないのではないかと思われるのでした。

# 1

窓から覗き込むように太陽が低くなった。万物の側面に染み込もうとしている黄色の輝かしさと、その結果として残留したかのような細かい埃《ほこり》の運動が、懐かしく浮かび上がっている。店の隅にあるジュークボックスは、ライトが一部切れていたが、スローテンポのブルースの低音を響かせ、手で優しく撫でているつもりなのに、肌がざらざらと細かく引っかかる、そんな微振動に空気が滲《にじ》んでいた。

マスタは、自分のブーツの掃除をしている。客は一人だけ。女だった。黒いジャンパを着て、膝《ひざ》までの黒いスカート。サングラスをかけている。もう何度か来ている客だが、注文以外に口をきいたことはない。

既に、コーヒーをテーブルに運んだあとだったので、もう金を受け取るだけの仕事しか残っていない。ブーツの裏に挟まった小石をナイフで取り除き、ささくれたゴムもついでに削っていく。作業に没頭するうちに、どうしてこんなことをしているのか、という理由は薄れて、畑を耕すような、パズルを解くような、ただ、左右の足を交互に出して歩くような気持ちになる。そうでない気持ちはブルースに吸い取られていたからだ。

バイクのエンジン音が聞こえた。タイヤが砂利を踏む音と、ブレーキの高い音が近くまで来た。入口のドアの窓からは見えなかった。わざわざ窓まで行かなくても、客が来たということはわかる。しばらくして、ドアが開く音がしたので、佳境だったブーツの掃除を諦《あきら》め、頭を上げてカウンタから顔を出した。

知らない顔である。客のほとんどは知った顔なのだ。知らない人間がこの店へやってくることは、一年に三度くらいしかない。それは、その人間がこれからここへ何度か通うことを示しているし、また、その代わりに誰かが来なくなることを意味していた。

テーブルの席に座っていた女が顔を上げた。新来の客も彼女に気づく。足を止め、軽く頭を下げた。女の方は、小さく頷いたように見えた。そう見えただけかもしれない。こちらを向いていたが、サングラスのせいで視線はわからない。

入ってきた客は若い男で、子供のような髪形だった。ヘルメットをしていた跡が残っている。カウンタの席に座った。あちこち見回したあと、こちらを向いた。口が僅《わず》かに笑っているような形だ。笑っているのかもしれない。

「何にしましょう？」マスタはきいた。

「何がある？」彼はきいた。

「飲みものなら、コーヒー、ビール、ソーダ、コーラ」

「コーヒー」

「ほかには？」

「とりあえず、コーヒー」

マスタは作業に取りかかった。タオルの上でひっくり返っている白いカップを指で引っかけ、客に背中を向けた。もうルーチンなので無意識に動いているといっても良い。神経はまだ客の方に向いている。振り返ったりはしていない。

「彼女が食べているものを」客が小声で言った。

きっと、テーブルの女に聞こえないように気を遣ったのだろう。マスタは丁寧に振り返り、黙って頷いてみせた。

ジュークボックスの音楽がもう終わっていた。静かになっている。コーヒーをカップに入れてカウンタに置いた。客の前にそれを運ぶ。

「アップルとミートと、どっちに？」マスタはきいた。

「アップルと？」

「ミート」

「何の？」

「ポークとビーフ」

「じゃあ、ミート」

マスタは頷いた。少し微笑《ほほえ》んでやった。これはサービスだ。ポークなのかビーフなのか、知らなかったから、その代わりだった。

テーブルの女が、立ち上がって、ジュークボックスへ歩く。また曲を選ぶようだ。カウンタの男はカップを片手に持ちながら、振り返ってそちらを見た。

たぶん、この男は新しく基地へやってきた。女の方は、もともと基地にいる。どちらが位が上なのか、そこまではわからないが、少なくとも、男の方が偉いということはなさそうだ。見た感じでは、どちらが歳上なのかまったく判別できない。そもそも、この連中は、例外なくそういった見かけをしている。年齢がわからないのだ。ただ、若い。とにかく、若く見える。だからといって、子供ではない。目つきが違う。

基地というのは、飛行機が離発着している軍用施設のことで、ここから十数キロの距離にある。一度だけ、バザーがあったときに、出かけていったことがある。そうでもなければ、近づく理由のない場所だ。周囲にはなにもない。建物も畑もない。

この付近では、昔は牛や馬を見かけたのだが、今はもうみんな、エンジンのついた機械に代わってしまった。牛や馬がいる頃は、そいつらの世話をしている人間がいたから、店の客のほとんどがその関係の連中だった。躰《からだ》が大きく、日焼けをしていて、そして声を張り上げて笑うのだ。飲みものは、ビール以外に売れない。コーヒーなんてものは、自分のためにしか淹《い》れなかった。それが、基地ができてからは一変してしまった。日焼けした人間はいない。みんな小柄で痩せている。声が小さい。ほとんど口をきかない。静かに一人でコーヒーを飲みにくる。雑誌を読むか、音楽を聴く。三十分もいない。すぐに帰っていく。何のためにわざわざここまで来るのだろう、と不思議に思うほどだ。

さきほどと同じ曲が始まった。女がコインを入れてまた選んだのだ。この曲が終わったら彼女は帰っていくだろう。

カウンタの男は、音楽には興味がなさそうだった。手近にあった胡椒《こしょう》入れを手に取り、持ち上げて下から覗いたり、そのあとは、コーヒーカップがのっていた皿を裏返して見たり。いろいろなものの裏側を見るのが趣味なのかもしれない。

「飛行機に乗っているのかい？」マスタは彼に尋ねた。客にこういった口をきくことは珍しい。どことなく、言葉を待っているような素振りに見えたからだった。

「うん」声はほとんど聞こえなかったが、男は頷いた。それから、カップを少しだけ持ち上げ、顔を近づけてコーヒーを一口飲んだ。

ミート・パイが温まったので、マスタはその皿を男の前に差し出した。

「苦いコーヒーだね」男は言った。

「ああ、苦いだろう」マスタは答える。

「どうやって作っている？」

「いや、どうってことはない。鍋で袋ごと煮るだけだよ」

「へえ、結局……」男はそこまで言って、後ろを振り返った。テーブルの女を見たようだ。またこちらを向いたが、そのあとの言葉はない。

「結局？」

「ああ、結局さ」

「結局、何なんだい？」マスタは尋ねた。

「結局は、結局さ」男は僅かに口の形を変えた。笑ったのかもしれない。

よく意味がわからなかった。しかし、意味がわからないなんてことは、一日に百はある。否、もっとあるだろう。煙草の煙にも混じっていれば、靴の裏にも挟まっている。ポケットの底にも残っているし、切れかけた電球からちりちりと落ちてもくる。ほとんどのものは、意味なんてわからない。

「外にいる、じいさんは？」男が尋ねた。

「ああ、いつもいるんだ」マスタは答える。「気にしないでくれ」

そう、あれも意味はわからないな、とマスタは思った。

「店となにか関係が？」

「いや、なにも」マスタは首をふった。「いつも、あそこにやってくるんだ。いい迷惑だよ」

「店の中へは？」

「金がないのさ」

「でも、酔っ払っているようだ。酒はどうしたんだろう」

「さあね。うちで売った覚えはないよ」

酔っ払いの老人が、三日に一度は店の前にやってくる。入口のステップに腰掛けていることが多い。ときどき掃除をしながら、邪魔だと注意をするのだが、立ち去るようなことはない。一度、怒鳴って追い払ったこともあった。しかし、懲《こ》りずにやってくる。ただ、客がそれで減るといった心配はしていなかった。この辺りには、競合する店がない。客はもともとが少ないのだ。多少のことで商売に影響があるような状況では全然ないといえる。

曲が終わると、テーブルの女が立ち上がって、カウンタへやってきた。金を払うためだ。マスタは、おつりのコインを渡した。やりとりは無言だった。ミート・パイを食べていた男の方を、女は一度も見なかった。目に入らない、というほど自然に。

女は出口へ行き、ドアを引いて外へ出ていった。そのときに、ステップに腰掛けている老人の背中が一瞬だけ見えた。

## 2

彼女はステップを下り、地面を数歩行ったところで呼び止められた。名前を呼ばれたわけではない。「彼女」と呼ばれたのか、それとも「見ろよ」と声をかけられたのか、それとも、単なる吐き捨てた言葉だったのか、わからない。

しかし足を止めて振り返った。もちろん、その酔った老人を見るのは初めてではない。話をするのも初めてではなかった。

「何？」きいてみた。

ようやく、老人の視線がこちらへ向く。

「中で、酒を飲んだのか？」老人は尋ねた。

「いや、飲んでいない」

「何故、飲まない？」

「別のものを飲んだ」

老人は、横を向いて地面に唾を吐いた。それから、首を引っ込めるような仕草で天を仰ぐ。眩《まぶ》しそうに目を細めたが、そちらの方向には、既に太陽はなかった。

「そこだ」老人が空を指さした。「あそこにいる」

彼女は空を見た。なにもない。

雲があるだけだ。

少なくとも敵機はいない。彼女の視力の方が、老人よりも優れていることはまちがいないので、きっと、目に見えるものの話ではないのだろう、と想像した。

「神様がいる」老人は言った。「大きいんだぞ」

「神様が？」彼女はきいた。

「そうだ。人間よりもずっと大きい」

「そう」彼女は頷いた。「ありがとう。教えてくれて。もう行くよ」片手を上げた。「またね」

「ときどき下りてくるんだ。ここへ、下りてくるんだぞ。目が光っていてな。そこの道路を走っていくんだ」老人は言い続けた。けれど、彼女の耳に届いたのはそこまでだった。

細かい砂が、サイド・ウィンドウのゴムに溜まっていた。ドアを開けて、冷たい運転席に乗り込む。店の前にいる老人をもう一度見た。飛び出してきたら、危ないと思ったからだ。エンジンをかける。アクセルを一度吹かしたあと、ドアを閉めた。

車は砂利を踏んで道路の方へ出ていった。太陽が沈む方向からセダンが近づいてきた。やり過ごそうと待っていたが、店の駐車場へ入れるようだ。減速をしたので、彼女はアクセルを踏んで、車を道路へ出した。バックミラーを見ながら加速する。セダンが、駐車場へ入っていくのが見えた。老人の姿までは見えなかった。すべてがたちまち小さくなっていく。

前方の視界は良く、空も澄み切っている。もっとも、それは上半分のことで、地面の付近では陰《かげ》が広がっていた。

空を見上げたが、やはり機影はない。

大きな神様の姿も、光る目も、なかった。

3

二人の女が店に入ってきた。色の白い方はベージュの長いスカートで、スリットが深い。もう一人は髪が長く、肌は黒く、短い黒いスカートに茶色のブーツを履いていた。どちらも、よく見る顔だ。名前も聞いたことがあったけれど、マスタは記憶していない。客の名前をほとんど覚えられないのだ。少ないとはいえ、客の数はメニューよりも多いのだから。

「何よ、あれ……」色の黒い方が大きな声で言う。

「いいじゃないい、可愛いもんよ、お迎えを待っているのかもしれないじゃない」

「スクールバス？」

「学校へ行くような歳じゃないでしょ」

テーブルに二人が座ったところへ、マスタは近づいた。この客たちには、早め早めに対応するサービスをしないと、文句を言われそうだ、という勘が働くのである。

「何にいたしましょう？」

「私、ビール。ナッツも」

「紅茶」

頷いてみせて、テーブルを離れた。

「何なの？　帰りは私が運転するってこと？」

「なんで？」

「ビール飲むんでしょう？」

「何の話？」

「もう、飲んでるか」黒い女の方が笑った。「ていうかさ、ずっと飲んでるじゃん、あんた。声、嗄《か》れてない？」

「これは生まれつき」

「生まれつきってことないと思う。ほら、赤ちゃんのときに、きっと泣きすぎたんだよ。それは生まれつきじゃないよね」

「知らないのに、いい加減なこと言わないでくれる」

おしゃべりが続いている。カウンタに戻って、マスタは若い男の顔を窺った。彼もマスタの方へ視線を送り返す。女たちには背を向けているけれど、声は店中に届いていた。「煩《うるさ》くて申し訳ありません」という顔で、マスタは微笑んでみたが、その意味で伝わったかどうかはわからない。

ビールとナッツと紅茶を用意している間も、ずっと彼女たちの言葉が飛び交った。仲間の悪口らしきこと、車の修理をした工場での話、服についた染みのことなど。

マスタはトレィにグラスやカップをのせて、再びカウンタから出ていった。

「あ、ウィスキィある？」白い女がハスキィな声できいた。ビールを注文したのが彼女である。

「はい、ありますよ」

「じゃあ、ダブルで」

「はい」マスタは素直に頷く。

「もう、次の心配？」黒い女が息を漏らしながらきいた。

おしゃべりはそこで止まった。ビールを一口飲んだあと、女はグラスを持って立ち上がり、部屋の隅へ行った。ジュークボックスを覗き込む。けたたましい会話がとりあえず止まったので、マスタはほっとしてカウンタへ戻った。

高い声の女性ボーカルの曲が始まった。音楽がかかっている間は、荷物の中で品物が暴れないよう詰め物が入れられたみたいに、あらゆるものが落ち着く感じがする。人間も、グラスも、カップも、ボトルも、皿も、音楽の軟らかい振動で守られるような。

注文のウィスキィのグラスを、マスタはテーブルへ運んだ。

白い女はテーブルへ戻ってきていて、微笑んでグラスを受け取った。しゃべりさえしなければ、上品なレディに見える。少なくとも、もう一人よりは、そう見えた。

彼女は、ウィスキィのグラスを片手に持って立ち上がった。またジュークボックスを覗きにいくのかと思われたが、店から出ていった。マスタはドアへ近づき、ガラス窓から外を見た。

女は、ステップの老人にグラスを手渡し、話をしている。老人の前に屈み込み、嬉しそうに微笑んでいるのだ。老人は顔をあちらへ向けていたので表情は見えなかったが、躰を弾ませるようにしてしゃべっている。きっと元気が出たのだろう。

彼女が立ち上がった。マスタは急いでカウンタに戻った。

「あの人、あんたのお祖父《じぃ》さん？」店内に入ってきた彼女に、連れの女が笑いながらきいた。

　しかし、音楽のためか、二人の声は多少は小さくなり、そのあとは聞き取れなかった。

カウンタ席にいた男は、もうパイを食べてしまい、コーヒーカップも空のようだった。今は両肘を突き、煙草を吸っているが、それも短くなっていた。女たちの方を振り返ることもなかった。

　曲が終わって静かになった頃、ドアが開いて、老人が店の中に入ってきた。グラスを片手に持ち、それを前に差し出すように腕を上げていた。グラスを返すために入ってきたのだ、というポーズだろう。女たちは黙り、カウンタの男も振り返って老人を見た。

　老人はまず、白い女の前で立ち止まって、頭を下げた。ものは言わなかった。お辞儀をされた女は少し遅れて肩を竦《すく》めた。言葉はなかった。もう一人の女は口を手で覆い、目を見開いていた。びっくりした顔だった。

　老人はカウンタまでやってきて、グラスをマスタの前に置いた。ここでも頷くように、軽く頭を下げた。マスタは、表情を変えないように努力していた。笑うわけにはいかないだろう。親しみを見せたくない、と思ったからだ。また、怒るような顔もできない。女の客に申し訳ないと考えたからだ。グラスを受け取り、すぐにそれをシンクへ移動させた。

　老人は、横に座っている若い男をじっと見据えた。

「お若い方、こっちへ来なさったばかりかね？」老人は尋ねた。

「ええ」男は頷いた。

「飛行機ってやつだな？」

「何がです？」

「あれで、天へ上がっていくんだろう？」

「天というか、空へ」男は頷いた。少し笑ったように見えた。

「神様に会ったこと、あるかね？」老人はきいた。

「いえ」男はもう老人の顔を見ていない。煙草を消すために、灰皿に手を伸ばした。

　マスタは、その灰皿を客の方へ押してから、老人を強く睨んでやった。ようやく、目が合った。

「さあ、もういいだろう、邪魔をしないように」マスタは静かに言った。

「わかっている」老人は目を見開き、片手を上げた。それから、再び若い男を見た。「俺は客じゃないんだよ。酒は、あそこのレディからいただいた。神様に会ったことがある。そのせいだ」

「そのせい？」煙草を消し終わった男が振り返って尋ねた。

「そうさ、会えばわかる」

「神様に？」

「そうさ」

「何がわかる？」

「神様だとわかる」

「どうわかる？」

「まあ、ぱちぱちと、火を吹くようなもんさね」

老人は顔中に皺《しわ》をつくり、にやりと笑った。

彼はお辞儀をしてから、カウンタを離れた。女たちのいるテーブルのところで片手を持ち上げたが、顔は見えなかった。白い女は片手を上げて指を細かく動かした。黒い方の女は怒った顔をしたまま、動かなかった。

老人はドアから出ていった。一度だけ振り返り、カウンタに視線を向けたが、どこにもピントが合っている感じではなかった。

「ね、礼儀をわきまえているじゃない」白い女が囁いた。

「わかったもんじゃないわよ」もう一人が舌打ちする。

## 4

彼は、金をカウンタの上に置いた。レジが少し離れたところにあったが、上司の女は金をそこでは支払わなかったし、マスタもレジスタに金を入れた様子がなかったからだ。テーブルの女たちが、じっとこちらを見ていた。微笑みを浮かべて目を細くする。気持ちが良い、あるいは、良い匂いがするよ、と言いたげな顔だ。もちろん、違う意味だろう。

店から出ていくと、既に日は落ち、暗くなり始めていた。やはりステップのところに老人が腰掛けている。項垂《うなだ》れていたけれど、彼が近づくと顔を上げた。眠っていたのかもしれない。だとしたら、女が奢《おご》ったウィスキィは、多少は効いたようだ。

「こんなところで寝ると、風邪をひくな」老人は、彼を見上げてぶるっと躰を震わせた。

気温はどんどん下がっているだろう。

「帰った方がいい」彼は老人に言った。

「暗くなったら、この道を神様が通るんだ。言っただろう？」

「どうして、この道を？」

「ん？」老人は小首を傾げた。「そりゃあ、ここが、そういう道だからだよ」

「特別な道なの？」

「そうさ」

「どうして、神様の通り道として？」彼は尋ねる。少し可笑《おか》しかったので、つき合ってやろうと思ったのだ。

「そういうこったなぁ。ありがたいことじゃないか」老人はにっこりと笑った。

「何のために、ここを通る？」彼はさらにきいた。

「誰が？」

「だから、神様が」

「そんなことは、俺らにはわからんことだね。神様のするこった、人間にわかるわけがない」

そうか、少なくとも自分は人間だとわかるんだ、と彼は思う。

神様は、自分が神様だとわかっているのだろうか。

「走っていくわけ？　マラソンみたいに？」

「そうそう。それだ、マラソンだ」

「ふうん。どんな服を着ている？」

「服？　うーん、白い布でできている服だ」

「靴は？」

「靴か……」

「靴は履いている？　まさか、裸足《はだし》ってことはないだろう？」

「どうだったかなぁ……」老人は顎《あご》に片手を当て、目を横へ向けた。「そういわれてみると、たしかに、しっかりと見たことがない」

「眩しいの？」

「眩しい？」

「躰が光っているとか」

「いや、そんなこたぁない」

「夜だから、よく見えないんじゃないかと思ってさ」

「目が光っているしな。二つだ」

「人間も二つだよ」

「そうそう。まあ、つまり、人間と同じってこった」

「男？　それとも女？」

「男に決まっているだろ、神様だぞ」

「いや、決まっていないと思うよ」

「目が黄色く光っていてな、それに、足許に火が燃えている」

「火が燃えている？ どこが燃えているの？」

「足許というか、周りだな」

「何が燃えているわけ？」

「塵《ちり》が燃えているんだよ」

「塵？」

「塵さ」

「神様に、塵が？」

「油かもしれんな」

「油？」

「そう、そうだ、神様からこぼれ落ちているようだ。もしかしたら、神様の汗かもしれん」

「神様が汗をかくの？」

「それに火がつくわけだ。あまりにも熱いからな。すべてのものを焼き尽くすんだ」

「うん、よくわからないなぁ。その神様は、どこから来たの？」

「そりゃあ……」老人は微笑んだ。そして、片手を少し持ち上げた。上を指さす。

まあ、それはそうだろう。地面から出てくる神様なんて、聞いたことがない。だいたいは、高いところにいるのが相場だ。人間が行けない場所だった、そこは。

「一度で良いから、見てみたいな」

「ここで待っていれば、見られるよ」老人は言った。

「うん、でも、今日は時間がない。また今度にするよ」

「今度だ」老人は頷いた。

　彼はバイクの方へ歩く。

シートに跨《またが》って、エンジンをかけてから、ヘルメットを被った。店の入口を見ると、老人は既に眠るように頭を垂れていた。

　眠ってしまったら神様を見逃すんじゃないか、と思ったし、そうか、見逃さないように眠っているのか、とも思えた。

　道をジョギングしている大男が神様だと何故わかったのだろうか。目が光っているのは、たしかに普通じゃない。しかし、ライトのついたヘルメットだったかもしれない。炭鉱で見かけたことがある。躰からこぼれ落ちる埃か油に引火して燃焼しているらしい。

　そうか、大型のトラックかもしれない。マフラからのバックファイアとか。そんなことを考えながら、バイクを走らせた。あっという間に暗くなった。道路は真っ直ぐに、真っ暗な闇の中へ吸い込まれていく。まるで、夜に雲の上を飛ぶようだった。月が出ていなくても、ほんのりと雲の白さが見えるのだ。煙というよりは、静かに流れる大河、あるいは、戦《そよ》ぐ草原に似ている。エンジンの音は消えて、静寂に染まっていく。滑らかな大気は左右に裂け、ただ道がつぎつぎと目の前に現れる。同じだ。今は、それが灰色のアスファルト。黒いはずなのに、白っぽく見えるのは、何が偏っているせいだろう。

　センタラインが断続的に銀色に輝き、踊るように左右にぶれる。それが機銃から放った弾筋にそっくりだった。すぐそこに、敵の機影が翻る予感、それともコウモリのように溶け込んでいる気配。バックミラーのモールドが、埃の炎のようにちりちりと細かく、そして囁くように輝く。

　雲の上を何時間も一人で飛んだことがあった。

　動くものは、なにひとつない。

　何故、神様は現れない？

　森の中の小径でも考えた。

　廃墟の屋根から注ぐ月明かりを見ても考えた。

　何故、神様は現れない？

　今こそ、チャンスではないか。

　そんなことを考えたのは、ずっと昔のこと、まだ小さかったときのこと。一度でも、目の前に現れてくれたら、信じただろう。自分のためではなく、神のために戦うことだって、たぶんできたはず。

そして、

きっと、今となにも変わらないだろう。

## 5

前方に赤いライトが見えた。ヘッドライトに反射した車のテールだった。路肩に停まっている。見覚えのある車種だった。彼は速度を落とした。

車のボンネットに彼女が座っていた。基地の上司だ。手を挙げることもなかった。バイクを彼女の前で停め、跨ったまま、ヘルメットを外した。

「どうしたんですか？」彼は尋ねる。

彼女は答えたが、よく聞こえなかった。彼はエンジンを止めた。

「故障」彼女はそう言うと、ボンネットから下りて、彼のところへ近づいた。「後ろに乗せていって」

「動かないんですか？」

「うん、一度停めたら、かからなくなった」

「どうして、こんな場所で停めたんです？」

「どうしてだと思う？」

「いえ、想像もできません」

「そうだね……」彼女は小さく頷いた。それから、空を見上げた。「後ろから、誰かが来そうな気がしたからかな」

「誰が？」

「さあ……」彼女は視線を戻したが、まだ顎を上げたままの顔で、彼を見た。

「ヘルメットがないし、その格好じゃあ、寒いですよ」

「もう、すぐそこでしょう？ 歩いたって、一時間くらいじゃない」

そんなことはない。十キロはあると彼は思った。

とにかく、ほかに選択肢はなさそうなので、後ろに乗ってもらうことにした。自分が着ているジャンパの方が防寒に向いていそうだ。この上司にそれを提供すべきだろうか、と彼は迷った。彼女もジャンパだが、下はスカート。寒いのは下半身だろう、と思い直し、上着の交換は申し出なかった。できるかぎりゆっくり、そして安全に走ろう、といった決意くらいしかできなかった。

エンジンをかけて、バイクを慎重にスタートさせる。

無言で走る。

冷たい風を意識した。これまで気にもしていなかった風なのに、急に、彼女にこれが当たっているのか、というふうに考えて、寒さを感じるセンサにスイッチが入ったみたいだった。一人で走る場合の七割くらいの速度にした。道は相変わらず真っ直ぐで、右にも左にも光はない。この近所には、民家など一軒もなく、構造物も、看板もない。林か草原だが、それも、今は暗くてどちらかわからない。ヘッドライトが照らす先にだけ道路が存在し、古いフィルムのようにセンタラインが微動するだけだった。

後ろの彼女が、彼の躰に手を回し、躰を密着させてきた。言えなかったけれど、そうした方が良い、と彼も思っていたことだった。躰を寄せていないと風が当たる。そろそろ寒くなったのではないか。

速度を少し落とし、後ろを振り返り、大声できいた。

「寒くないですか？」

「寒い」彼女の声が聞こえた。

ゆっくりと、バイクを停めた。

「どうしたの？」

「寒いって言われたから」

「停まっても、寒いよ。ずっと寒いよ」

「大丈夫ですか？　基地までもちますか？」

「大丈夫」

再びスタートさせる。速度をさらに少し落として、ゆっくりと走った。

「もっと、飛ばしていいよ」後ろで叫ぶ声。

指示に従って、少しだけ速度を上げた。

この上司は、かつてはトップエースだったらしい。仲間から、そんな噂を聞いた。たしかに、飛行中にはもっと寒いことがある。ヒータの調子が悪くなるとき、これはそんなに多くない。それよりも、エンジンのトラブルで、ヒータが使えなくなるときがたまにあるのだ。我慢できないときは、高度を下げるしかない。空の上は、とても寒い。というよりも、なにもないから、温度ってやつがないのかもしれない。キャノピィを透過する光だけは、焼けるように熱いのに、それが当たらない部分は、たちまち凍ってしまうほどなのだ。背中に、彼女の体温が感じられた。他人の躰が自分に接触していることなんて、空ではありえない。

もしかして、なにかを試されているのだろうか？

わざと、あそこで待っていたかもしれない。

エンジンがかからなくなった、と言ったけれど、そんなに古い車には見えなかった。高馬力のスポーツカーだ。

闇の中へ落ちていくように走り続けた。

今にも、前方から、なにかが近づいてきそうな予感が、彼を襲った。

それは……、

コウモリか？

それとも、

白い服の大男か？

けれども、

そう思うたびに、自分の口は笑みに歪《ゆが》み、同時に、この現実の世界で地面を這《は》うように走っているバイクと、硬く緊張させている自分の躰と、そこに抱きついている女の躰を、思い浮かべるのだった。それらは、すべて物質だ。物理現象によって熱交換をする単なる物質だ。

バックミラーには、闇しか映らない。

しかし、エッジは僅かに光る。

何の光を反射しているのだろう？

星か？

後方の月か？

マフラから飛び出す火花か？

いつの間にか背後に回った敵機か？

それとも、神の黄色い二つの目か？

あるいは、彼女の躰からこぼれた油についた炎か？

バックミラーへ視線を向けると、もうそれは消えている。

彼は下を見た。

流れる真っ暗な地面に、たしかに細かい塵のような光が瞬く。まるで、そちらが星空のように見えた。自分は背面飛行をしていたのか、と錯覚できた。

躰の冷たさは、もう機械と同じ。

後ろの彼女も、機械と同じ。

歯車、チェーン、そして摩擦。

シリンダ、ピストン、そして爆発。

ちりちりと、火花が、一瞬。

散っていく。

消えていく。

輝いて。

瞬いて。

囁いて。

いつもの速度になっていた。

基地の小さな光が見え、彼はほっとした。

ゲートの中へ入り、建物の前まで、どろどろとタキシング。ロータリィでターンして停めた。彼は長い溜息をつく。コンプレッサが止まったときのように。

彼女は彼から離れ、右横に降り立った。

ヘルメットを外して、そちらを見る。空気が自分の額を冷却した。

「大丈夫でした？」彼は尋ねた。

彼女は無表情で頷いた。

そして、建物の方へ歩き、ステップを上がったところで、振り返った。片手を軽く上げ、顔に近づけた。敬礼だったようだ。

彼はバイクに跨ったままだったが、敬礼をした。

彼女は奥へ。

さらに階段があって、そこを上がっていく脚を、彼は眺めていた。

入口のドアが開き、脚は建物の中へ。一瞬だけ明るくなり、また闇に戻った。

階段には、細かい火花がこぼれ、瞬き、

囁きながら消えていった。

# Heart Drain

The storms too were terrifying.

The raging winds whipped the surface of the sea into living mountains of grey waters, their crests white-capped with salt froth racing before the gale.

## ハート・ドレイン

嵐もまたぞっとする怖《おそろ》しさでした。

いかり狂う風は海面をかきたて、灰色の水の生ける山をきずき、塩の泡でまっしろに蔽われたその波頭は、風より早く疾駆《しっく》してゆきました。

I

「はい、カイです」

「ああ、良かった、つながって。起こしたかな？」

「ええ、いえ、大丈夫です」彼女はライトのスイッチに手を伸ばす。

眩《まぶ》しさに目を細め、時計を見る。まもなく午前五時だった。カーテンの隙間が既に明るい。

「この番号は、君の別荘か？」

「そうです」

「盗聴の危険は？」

「その可能性はありません。第一機密ですか？　それならば、かけ直しましょうか？」

「いや、それには及ばない。至急、０８ＭＣへ来てくれ」

「何があったのですか？」

「Ｋ・Ｔが休暇中だが、どこにいるか知らないか？」

「いえ、知りません」

「街の上で、戦闘機が爆撃機に体当たりをした。両方とも墜落して、学校と貨物駅に墜《お》ちた。奇跡的にも建物は無傷だったがね」

「体当たり？」

「接触とは聞かなかった」

「一般の死者か怪我人が出たのですか？」

「いや、怪我人は出ていないようだ。こんな時刻だったからな。もう少し遅かったら……」

「事故なのでは？」

「違う。体当たりだよ」

「目撃者が？」

「そういうことだ」

「誰が？」

「その報告はまだだ。それより、墜落後の映像を、マスコミがもう撮っている。今にテレビで流れるぞ」

「わかりました。すぐに行きます」

カイは受話器を戻した。

「何だね？」ベッドのタケモがきいた。

「シモタです。貴方を探していましたよ」

「休暇中だ」

「市街地に墜落したそうです。ちょっと行ってきます」

「体当たりというのは？」

「接触事故という意味だと思われますが」彼女はクロゼットの方へ歩きかけたが、立ち止まって振り返った。「あ、申し訳ありませんが、私が出かける場合、ここに貴方を一人残すわけにいきません。至急、帰る準備をしていただけないでしょうか？」

「ああ……」男は鼻から息を漏らした。「妥当な要求だ」

「駅まではお送りします」

彼はベッドから起き上がった。

「君の車は禁煙か？」

「いいえ」そう返事をしてカイはクロゼットの中に入った。

十分後、二人は氷枕みたいに冷たいシートに収まっていた。彼女は、ガレージからバックで車を出した。天候は曇。グレィの雲は低い。気温はマイナスかもしれない。熱いコーヒーが飲みたいところだったが、そんな時間もない。生きた心地がしない朝は、しかし、いつものことだ。

駅が見えてくるまでは口をきかなかった。前方にバスターミナルが見える。比較的人が少ない場所で車を停めた。

「今日また、会うことになりそうだな」彼が言った。「たぶん、記者会見のあと、夕方くらいに最初の報告会になる」

「そうですね。大事にならなければ良いですが」

「それじゃあ」タケモは片手を挙げ、一度視線を逸《そ》らしたが、もう一度彼女を見つめ直した。「また、会おう、ゆっくりと」

カイは、黙って頷いた。

彼の後ろ姿が消えるのを確認し、バックミラーを見ながら、車を出した。交差点で信号待ちになったところで、煙草を口にくわえて火をつけることができた。車の暖房も効き始めている。煙を吐き出したときに、ようやく頭が回りだした。

まず、幾つかの可能性を想定して、それぞれの対処についてシミュレーションをしてみる。基本的に大事なことといえば、落ち着くことだ、自分も含めて組織全体が。いつも、これを考える。頭に血を上らせてはいけない、自分も含めてこの社会全体が。それなのに何故か、躍起になって頭に血を上らせようとする勢力が押し寄せる。何だろう。どこに起源を発しているものか不明だが、非常に不思議だ。何の得があって、彼らはこんなに人々を煽《あお》ろうとするのだろう。暴動？　それともクーデタ？　どんなパニックが望みなのだろう。そう考えるうちに、自分も頭に血が上ってしまう。思う壺だな、とまた煙を吐く。

昨夜の彼のことを一瞬だけ思い出した。悪くなかった。手応えがあった、という意味だ。そういった長閑《のどか》なことでも思い出して、自分を癒《いや》しているのか。これも思う壺だな、とまた煙を吐いた。

2

情報部の小会議室にまず三人が集まった。二人はいずれも男性の上司で、カイが一番若く階級も低い。ただし、K・T、つまりタケモよりは、ずっと下の者ばかりである。

事故の状況を把握した。小学校に墜落したのが、我が社の戦闘機だ。貨物駅のヤードへ墜ちたのが敵の地上攻撃型爆撃機だった。戦闘機のパイロットは墜落直前に脱出し、民家の庭に降下した。彼は病院へ運ばれている。骨折したらしいが、命に別状はない。敵機の乗組員は全員死亡と見られている。脱出できなかったようだ。乗っていたのは、おそらく三名だろう。

小学校の墜落現場は、既にテレビに映像が流れていた。現在こちらは、警察と消防の管理下にある。運動場に大きな穴が開いたものの、幸い建物の方は飛散物で窓ガラスが割れた程度の被害しか出ていない。一方、貨物駅の方は半径三十メートルの範囲で線路が捲《めく》れ上《あ》がった。上空からの映像が既に流れている。さらなる爆発の危険があるため、特殊処理班が出動し、必然的に我が社の管理下にあった。現場近辺は現在、一般の立入りは禁止になっており、消防の判断による付近への避難勧告も出ている。数時間で危険を取り除くか、あるいはその見込みを告知しなければならない状況だ。

まず、特殊処理班をさらに増員して派遣することが決定された。爆弾が搭載されていない場合でも、爆弾が相当量あったことにした方が都合が良い。爆撃機がどこへ向かっていたのか、という攻撃目標も想定しておいた方が良いだろう。そこを守るためにやむをえない攻撃がなされた、と主張できるからだ。

「発電所の方角になりますね」カイは言った。「そこを狙っていたことにしますか?」

「そうだな。あるいは、故宮か」髭の上司が言った。

「まさか、そんなもの狙わないでしょう」もう一人が笑う。

故宮というのは、市街地にある城の遺跡である。観光地ではあるけれど、軍事的な意味合いはない。

「文化の象徴を攻撃することは、古典的な作戦としてはありえる」髭を撫でながら彼は言った。「これは検討させよう。二時間以内にどちらか決定することにして」

会議後、彼女の役目は病院でパイロットに面会してくることだった。情報部のほとんどの勢力はマスコミと政界への対応に向けられた。パイロットは怪我をしているが生存している。飛行機とともに墜ちていればもっと都合が良かった、という話ももちろん出た。現在は当然ながら、対外的には怪我の治療のため面会謝絶ということで通してある。少数の医師以外には会えないはずだ。パイロットはナヤバ中尉。ベテランといえるキャリアで、実戦任務に就《つ》いて二年半の者だった。彼の履歴に関してそれ以上の詳しいデータはまだ届いていない。

カイは最寄りの基地から自社の飛行機に乗った。一時間半のフライトである。タンデムの偵察機だったので、パイロットと彼女しか乗っていない。空に上がっている間はずっと眠っていた。トータルで二時間半後には目的地の病院へ到着した。まだ午前九時まえ。すべての処理を午前中に済ませる必要がある。そのタイムスケジュールが、早朝の会議の最後の確認事項だった。

病院の建物に入り、受付で身分証明書を見せた。場所を教えられ、奥へ進む。最初に入った情報では、骨折程度の軽い怪我だと聞いている。話はもちろんできるだろう。まず、状況を聞く。そして、そのあとが問題だ。彼にどういった指示を与えるのか。もちろん本部と連絡を取ったうえで決めなければならない。最も簡単で確率が高いのは、今日のうちに本社専属の病院へ彼を移送することだろう。

ロビィ内には、既にマスコミの関係者と思われるカメラマンの姿が数人あった。奥のスペースに押し込まれたように集まっている。邪魔にならないように気を遣っているのか、それとも病院からそう指示をされたのだろう。

カイはわざと制服を着てこなかった。サングラスをかけていたので、そちらを見ている自分の視線も気づかれないはずだ。エレベータがタイミング良く開き、そこに乗った。白衣の医師と二人だけだった。八階でドアが開き、二人とも降りる。通路を同じ方向へ進み、先に歩いていた医師が、途中のドアの前で立ち止まった。

「もしかして、飛行機の彼に？」こちらを向いて医師がきいた。固有名詞が出てこなかったのか、あるいは、わざと避けたのだろう。

カイは身分証明書を差し出して挨拶をした。

「ここから移動させることは、可能でしょうか？」彼女は尋ねた。

「全然心配ありませんよ。自分で歩いていけるでしょう」

「そうなったときは、ご協力をお願いいたします。あの、もちろん、社の方から正式に依頼させていただくことになりますが」

「ええ、わかりました。突当りの右のドアです」そう言うと、医師はドアの中へ消えた。

さらに奥へ行くと、通路のベンチに飛行服の若い女が座っていた。カイは、制服の階級を見た。パイロットだ。顔を上げたので視線がぶつかる。ここへ誰かが来ている、という話は聞いていなかった。

「情報部の者です」カイは身分証明書を見せた。

彼女は立ち上がり、素早い敬礼をした。カイも、軽く敬礼を返す。

「名前は？」

「クサナギ」

「どうして、ここに？　誰の指示で？」

「二機で飛んでいました。指示は受けていません」

「墜ちたところを見ていた？」

「はい」

「それで……、貴女はどこへ降りたの？」

「空港が見えたので」

「民間の空港だ」

「そうです」

「許可は？」

「いえ……、緊急着陸を」

「無断で？」

「管制塔の許可は得ました」

「そういう意味ではない」

「申し訳ありません。あの……、誰も教えてくれません。彼は……、ナヤバの怪我は？」

クサナギはドアの方を振り返った。「会わせてもらえないんです」

「面会謝絶だ」カイは答える。「大丈夫、命に別状はないと聞いている。基地と連絡は?」

「電話をしました」

「戻るように指示が出ているのでは?」

「はい」

「ならば、戻りなさい」

「彼に会ってから、戻ろうと思います」

「その必要はない」

一瞬だけ目を上げて、クサナギは彼女を見た。強い視線だった。初めて真っ直ぐにこちらを見たように思われた。

「わかりました」小さく頷く。表情は変わらない。

「なにか言いたいことがあれば、聞くけれど」カイは口調を緩めた。自分でも不思議な反応だったが、多少は譲歩しよう、と何故か思ったようだ。

「左下やや後方から接近し、相手の尾翼に左の主翼を接触させました。見事なコントロールだったと思います」クサナギは言った。「簡単にできることではありません」

「近くにいたの?」

「約六百メートルでした」

「よく見えたわね」

「見えます」

「そう。見事だったと彼に伝えておきましょう」

「ありがとうございます」クサナギは頭を下げたあと、通路を向こうへ歩き始めた。

「それが言いたかったこと？」カイは彼女の背中に尋ねた。

クサナギは立ち止まり、振り返る。

「そうです」無表情で頷いた。

カイは歩み寄り、彼女の前に立った。クサナギは華奢で、カイよりも背が低い。見下げるような視線になった。

「それだけのことのために、緊急着陸を？」声を抑制して質問した。自分が腹を立てていると彼女に気づかせないようにしたかったし、かといって、落ち着いていると思われるのも心外である。その微妙な自制だった。

クサナギは視線を落とし、黙っていた。カイは待った。やがて、彼女は顔を上げてこちらを見た。

「ナヤバは、死にたかったのだと思います」クサナギは言った。

「何故、そう思う？」

「飛ぶまえに、そう話していました」

「飛ぶまえというのは、いつ？」

「昨夜です」

「なるほど。わかった。それは確かめる。でも、それが緊急着陸の理由？」

「彼が、もし生きているのなら、自殺すると思いました」クサナギは答えた。

その返答には少し驚いた。カイは無言で小さく頷くことしかできなかった。

「わかった。ありがとう。もう戻りなさい。あ……、いえ、ちょっと待って。向こうで待っていて、あちらにベンチがあったから。あとで、もう一度話を」

「わかりました」

クサナギは敬礼をして、通路を去っていった。カイは彼女の後ろ姿が見えなくなるまでそこに立っていた。

## 3

ベッドの上のナヤバ中尉は、目を開けたまま人形のように動かなかった。カイが近づくと、瞳だけが緩慢な速度で彼女を捉えた。顔は血の気が引いたように白く、まるで蠟《ろう》で作られているみたいだった。

「情報部のカイです」ベッドの横に立って彼女は名乗った。「体調は、どう？」

「特に、異状はありません」ナヤバは小声で答えた。「足の指が折れているそうですが」

カイは、壁際にあったパイプ椅子を引き寄せ、そこに座った。バッグからノートを取り出した。脚を組み、ペンをポケットから抜いた。準備が整ったので、ベッドの男を再び見た。

「今回の戦闘の報告を」彼女は言った。

「最初から、すべてですか？」

「どこからでも」

「聞きたいのは、最後だけでは？」

「もちろん、クローズプラップに体当たりしたところが一番聞きたい。どうして、そんなことになったのか」

「弾がありませんでした」

「僚機も？」

「知りません」彼は首を振った。

「敵は一機で？」

「そうです。こちらは二機でした」

「無理をしなくても良い状況だったのでは？」

「無理？　無理って何ですか？」ナヤバは無表情のまま言う。鼻から息が漏れる音が聞こえた。笑ったのかもしれない。

この男が死にたがっている、とクサナギから聞いたばかりだ。その話は本当かもしれないな、とカイは感じた。生きていく気力が外部から観察できない。ただ、このタイプはパイロットには珍しくないのだ。

「体当たりをしようとしたの？　それとも事故？」

「攻撃です」ナヤバは即答する。「墜とそうと思いました」

「街の上空だったことは知っていた？」

「いえ、正確には把握していません。下は霧でした。まだ、遠いと考えていました」

「敵機が爆弾を搭載している可能性は？」

「当然、搭載しているものと思いました。部隊から外れて、これから単独で目標に向かうものだと」

「それを阻止しようとした？」

「そうです」

「目標はどこだと思った？」

「知りません」

「でも、それを考えたから、阻止しようとしたのでは？」

「いえ、敵機を墜とすことが任務なので」

「体当たりをしてまで墜とすことは、任務とはいえない」

「申し訳ありません」

「何故、そうまでして攻撃をした？　なにか、危険を感じた？　敵機は撃ってきた？」

「はい。右の翼に被弾しました」

「それは、体当たりをする直前？」

「そうです」

「回収された飛行機で検証されるでしょう」カイは頷いた。「被弾したから、頭に来た、というわけではないのね？」

「違います」

「僚機と交信は？」

「していました」

「クサナギは止めなかった？」

「自分が突っ込むから、上空で待機するように命じました」ナヤバは答えた。「接触したあとは、交信ができませんでした」

「何故、脱出したの？」

「え？」彼はこちらへ視線を向けた。

　沈黙。答はない。質問の意味がわからない、という顔に見えた。もちろん、そうかもしれない。脱出するのは極めて常識的なことだ。生きるための自然な危険回避行動である。

「わかりました」カイは言った。「事故処理の方針は本部がすぐに決定するでしょう。その指示が来る。私がそれを貴方に伝えます。たぶん、一時間か、遅くとも二時間後に」彼女はノートを閉じた。予想どおり、なにも記述することはなかった。「万が一、誰かに会っても、あるいは質問されても、なにも話さないように。医師にも、怪我や体調のこと以外はしゃべらないこと。今までに、なにか話した？」

「いいえ、なにも」

「よろしい。では……」カイはバッグにノートを仕舞った。

「墜落した機体で、一般への被害がありましたか？」ナヤバはきいた。

「知らなくても良いことです」彼女は答える。

「基地へ戻れますか？」

「ええ。いつとは約束できないけれど」カイは立ち上がった。「なにか要求は？　食べたいもの、それとも、欲しいものがある？」

「いいえ、ありません」

カイは病室を見回した。危険なものはないか、という目で探した。もちろん、ナイフや拳銃はない。病室には窓がなく、飛び降りることもできない。そんな観察をしたのは、クサナギの言葉が頭に残っていたからだった。だが、自殺を止めることは難しい。死のうと思えば、どこでも、いつでも死ねるだろう。それだけの決断力と運動能力がある人間ならば。

最後は天井を見上げていた。白い蛍光灯が二本ぶら下がっていた。首を吊るにはロープが必要だが、少なくともこの部屋にはない。

病室を出て、通路を端まで歩く。非常階段があった。ドアノブを回してみると簡単に開いた。外に出られる。太陽が眩しい。気温は上がっているが、風はまだ冷たい。空が一色だった。

彼女は煙草に火をつけた。煙を吸い込み、明るい空を見上げた。それから、手摺越しに地面を覗いた。レンガ造の小さな焼却炉が見えた。付近に人の姿はない。樹木で隔てられた外側に駐車場がある。アスファルトが真っ黒だった。煙草は、四回吸い込んで消してしまった。時間がない。

通路へ戻り、エレベータの方へ歩く。途中で職員らしき人間に出会ったので、電話を借りられる場所をきいた。エレベータホールのベンチに、クサナギが座っていた。眠っているようだった。下を向いたままじっと動かない。疲れているのだろう。彼女に気づかれないように、カイは静かに通り過ぎた。

同じフロアに職員の控え室があった。白衣の女性が一人だけいる。身分証明書を見せて、電話を借りた。その女性には部屋の外に出てもらった。

「もしもし」相手が出る。タケモ本人だとすぐわかった。

「カイです。ただ今、ナヤバに会いました」

「どうだった？」

「軽傷です。今のところ隔離されていますが、ここでは維持は難しいと思います。移動させた方が良いかと」

「何と言っているんだ？」

「攻撃したと話しています。弾切れだったので、体当たりをしたのだと」

「事故ではないわけか」

「爆撃機は、爆弾を持っていましたか？」

「少なくとも、爆発炎上している。量はわからない」

「死体は確認できましたか？」

「三人だ。おそらく全員だ」

「どこへ向かっていたのでしょう？」

「わからない」

「なにか、理由をつける以外にありませんね」

「ナヤバをヒーロにしようというのかね？」

「そうです。彼である必要はありませんが」

「どういう意味だ？」

「僚機が民間の空港に緊急着陸しています。パイロットは、クサナギ少尉です」

「その報告は受けていないな」

「至急確認して下さい。ここに今います。病室の前で彼女に会いました」

「女か」

「そうです。ここまで、どうやって来たのかは、これから詳しく確認をしますが」

「それで？」

「つまり、その……、体当たりをしたのは、彼女にした方が良い、と私は思います」

「何故？」

「印象の問題です」

「印象？」

「単なる印象です」

「しかし、空港で目撃されているだろう？」

「写真を撮られていないかも確かめます。見た感じでは、体格的にもナヤバと似ています。飛行服を着たままですからね」

　数秒間沈黙があった。

「賭けだな」

「判断は早い方がよろしいかと」

「わかった。十分後にもう一度かけてくれ」

## 4

十分後に指示が出た。カイの提案のとおりプロジェクトが動くことになった。三十分後に病院へ小型バスが到着し、ナヤバとクサナギはこのバスに乗せられた。二人には並んで歩かせ、マスコミに写真を撮らせた。その直前にカイはロビィに下りて、そこにいた記者の一人に、記者会見は午後になるが、実はパイロットは女性だったと漏らした。この噂はたちまち広がったので、カメラのレンズはクサナギに向けられていたはずである。

空港の戦闘機は燃料を補給し、ナヤバが基地まで飛行する任務を命じられた。こちらは、マスコミの撮影を制限しなかった。一方、クサナギの方はマスコミから遠ざけ、バスで移動させた。

午後からの記者会見にはパイロットは出席させず、情報部の報道員だけで臨んだ。敵機は爆撃に向かう途中だったため、これを阻止することが任務だったと説明した。こういった公式発表には、マスコミも、そして大衆も期待をしていない。彼らが欲しいのは映像である。テレビで放映されたビデオのほとんどは、クサナギがバスに乗り込むときに撮影されたものだった。

カイはその後、クサナギには会っていない。クサナギはまったく今回の偽装に関心を示さなかった。おそらく、テレビも見ていないだろう。パイロットにはそういった人種が多い。今回のことで、クサナギは転属を命じられ、地理的にも遠方の基地へ配属された。

クサナギの転属から一週間後、事故から三週間後に、ナヤバは基地の自室で首を吊って自殺した。これは公表されていない。情報部でも知っている者は少ないくらいだ。カイはそれを聞いたとき、軽い絶望の溜息を漏らしたものの、実は内心ほっとした。周囲に迷惑がかからない死に方だったことは、ナヤバを評価したい、と考えた。パイロットの自殺は、年間に十数件あることで、一カ月に一人は死んでいる。珍しいことではない。ただ、空を死に場所に選ばない理由が、彼女には理解できないところではあったし、そのことに関しては、多くの人間が議論をして、しかし結論が出ないままのテーマだった。

結果的に、今回の情報操作は成功だった、という評価が一カ月のちに下った。情報部では、それを提案したのはカイの上司であるタケモということになっている。もし、会議でカイ自身が提案していたら反対されていただろう。集団とは保守的になるものだ。リスクを伴う最適な選択は、上層部の手腕によってしか生まれない。

二カ月後に、カイは西域広報作戦部の部長補佐に任命され、転勤になった。女性では過去最年少の抜擢だった。図らずも、クサナギ少尉が転属になったエリアである。辞令をもらった夜もタケモと会った。高級レストランで食事をしたあと、同じホテルの一室で、二人はワインを飲んだ。タケモは、昇任祝いという単語を三度口にしたが、カイは、それを手切れの意味に受け取るべきだろうと考えた。この男は、あと十年は社にいる。情報部には、さらに一ステップは上るポジションがあり、そこがゴールだ。そこで終わりである。今回の事故処理が的確だったことは、彼の評価を高めたかもしれないが、しかし大きな影響はないだろう。それよりは、部下の女性とのスキャンダルの方が恐ろしいにちがいない。カイに万が一のことがあってはならない、少なくとも退任するまでは……、と考えているはず。したがって、彼女は自分が最低限の保障を得たことは理解できた。ただ、これ以上に深いつき合いになることを彼が恐れているのもわかった。西域へ転属になったことは、つまりは遠ざけられたのだ。しばらく大人しくしていろ、という意味かもしれない。そして、この程度のことは、階段を上がるために持ち上げた片足のようなもの。不安定さはつきまとうけれど、目的達成には不可欠な要因なのである。

　しばらく眠ったが、夜中に目が覚めた。

　直ぐ隣でタケモは小さな鼾《いびき》をかいて眠っている。カイはそっとベッドから出て、ガウンを羽織り、窓際のソファへ移動した。テーブルの上に煙草があったからだ。

　そっとカーテンを上げてみる。真っ黒な空と、細かく光る地上。すぐ隣の高層ビル。蜂の巣みたいに小さな無数の窓。その中に動いている人影。屋上で明滅する赤いライト。ガラスに顔を近づけると、真下の道路が見えた。白い明かりの車線と、赤い明かりの車線が併走している。煙草に火をつけるとき、ライタの輝きが一瞬、目の前のガラスに映った。焦点を変えると、火が消えても、微《かす》かに自分の顔が浮かんでいる。煙を吐きながら、振り返って室内を確かめた。ベッドの彼は寝息が続いている。壁の方を向いていた。

自分はこの男が好きだろうか、と考えた。そこで煙を三回吸って、そして吐いた。たぶん、好きでも嫌いでもないだろう。でも、好きになろうとしたことは、たしかにあったはず。好きになれば、楽になれるという安易な発想だったのだろう。結局、そこまで単純ではない、ということがわかっただけだ。けれど、これで良いのではないか。少なくとも大嫌いにならずにはすんだのだから。

再び窓ガラスを見る。空間に自分の顔を探した。

病院の通路で会ったクサナギを思い出す。

あれは、ほんの少しまえの自分に似ている。

どうすれば良いのかわからない、でも、素直に感情のままに行動していた。

「貴女が接触事故を起こして墜落をした、ということにしたい。そうマスコミに向けて発表するつもりです」カイはクサナギに説明した。

「どうしてですか?」

「パイロットが女の方が都合が良いからです。世間の感情をそれでコントロールできる。我が社にとって、それが最適の処理だと判断しました」

「自分はどうすれば良いですか？」

「なにもする必要はない。記者会見は情報部がします。今回のことでは黙っていれば良い。嘘をつく必要はない。誰にも話さないように」

「でも、ナヤバは？」

「彼にも、黙っているように命じます。なにか不都合を感じたら、私にすぐに連絡するように」

「わかりました」

「不満がありますか？」

「いいえ」

「貴女には、これは良い方へ作用するでしょう」

「どうしてですか？」

「いえ、具体的なことは言えない。でも、悪いことにはならない。安心して」

「私の任務には、無関係だと思われますが」

「ええ、そのとおり」

あの目は、人を見ていない目だった。

地上のものに関心がない目だ。

ここでは、なにも探していない。

同情も愛情も、

欲望も渇望も、

地上ではなにも期待していない。

自分にもそんな時期があった。

しかし、今の自分は違う。

この目は、血眼になって地面に落ちているものを探している。暗闇を手探りで、必死になって自分の得になるものを探している。自分が這《は》い上《あ》がるチャンスを見つけようとしているではないか。傍《はた》から見たら、滑稽な姿に見えるかもしれない。

毎朝、鏡の中で、疲れて充血した目に出会う。

いつからだろう？

何を望んでいるのだろう。

たぶん、そう……、復讐だ。

滑稽でもかまわない。

死にたくなるほど弱い自分への復讐。

後ろめたさを消すには、これしかないのだ。

彼女は左手の手首を見た。復讐を決意させた印が、今もそこに残っている。

すぐに目を上へ向けた。小さな光が空を移動していた。ゆっくりと真っ直ぐに。それほど高くはない。こんな時刻に飛行するのは、偵察機か、あるいは輸送機か。

煙草はもう短くなっていた。

灰皿でそれを揉み消す。

嫌な匂いだ。どうしてこんなものを吸うのだろう。

嫌な女だ。どうしてこんな女が生きているのだろう。

くすっと吹き出す。その嫌な顔が空間に浮かんでいた。

## 5

新しい勤務地で、カイは初めて個室のオフィスを使えるようになった。絨毯《じゅうたん》が敷かれ、艶やかなデスクと、背の部分が高い椅子が置かれていた。新しい部下は若い男で、上司は頭の固そうな老人だった。

背伸びをしてから、荷物の整理を始めようとしていたところへ電話がかかってきた。

「はい、カイです」

「私だ」タケモの声だった。「どうだね？　新しいオフィスは」

「まだ、状況を詳しく検討していません」彼女はそう言ってから笑った。自分が上機嫌だとわかった。

「すまなかった。それが言いたかったのだが……」

「え？　何がですか？」

「君を、そんなところへ送り込んだことだよ」

「そんなところ？　なにか問題でも？」

「いや、問題はないはずだ。もし問題があったら、すぐに言ってくれ。力になれると思う」

「では、何でしょうか？」

「うん、まあ、遠くなったし、それに、都会でもないし」

「いえ、それは問題ではありません」

「君に会えなくなった」

「ああ、そのことですか」

「残念だよ」

「私もです」

「恨まないでほしい」

「まさか」カイは小さく吹き出した。「思いもしませんでした。今は、やる気満々です」

「そうか。安心した」

「ご心配、ありがとうございます」

「また、かけるよ」

「はい、私も」

「最適の健闘を」

電話が切れた。

彼女は受話器をそっと戻した。

少し嬉しかった。タケモという男を見切れたような気がしたからだ。自分にとって威嚇《いかく》でも障害でもない。すっと見通しが良くなった感覚が躰《からだ》に広がった。

「さてと……」彼女は独り言を呟く。

まずは、コーヒーでも飲むか。しかし、デスクの灰皿を目に留めて、さきに煙草を吸うことにした。それが、新天地で最初の一本だった。白い煙を吐いたときには、窓際に立っていた。オフィスは二階で、すぐ下に駐車場がある。周囲は森林だ。鬱蒼《うっそう》と茂る緑以外には、施設を取り囲むグレィの金網しか見えなかった。

ドアが開き、段ボール箱を四つ載せた台車が入ってきた。押しているのは、部下のカワサキである。

「あ、ありがとう」カイはそちらへ近づく。

「どこへ置きますか?」

「どこでも、その辺に。あとは自分でするから」

「煙草を吸われるんですね」台車を止めてから、彼が言った。

「あ、いけなかった？」

「いいえ、そんなことは」

「コーヒーは、どうしたら飲めるの？」

「通路にコーヒーメーカがありますが、ちょっと薄いです。ボスの意向なんです」

「苦いのが飲みたいのだけれど」

「淹《い》れましょうか？」

「ああ、じゃあ、お願い。でも、いつも淹れてもらうわけにいかないから、なんとか対策を考えるわ」

カワサキはにっこり頷いてから、部屋を出ていった。彼女は台車へ歩み寄り、一番上の段ボール箱のテープを剝《は》がして開けた。

一番上にあったのは、こちらへ来る朝の新聞だった。一面の下に、クサナギ少尉の写真が載っていたのだ。「三機を撃墜」という見出しである。

笑っていない。睨むような視線の写真だった。

そう、この目だ、とカイは思う。

そして、ゆっくりと煙を吐き、自分の表情からも微笑《ほほえ》みを消し去った。

# Earth Born

How this end was to take place, what it would be like, or where she would go, Snowflake could not tell.

## アース・ボーン

その終りとは、はたしてどのようなことになるのか、どんな感じがして、またその先はどこへ赴《おもむ》くのか、いまの彼女には知るよしもないことでした。

I

汗をかくほど暑かったのに、今は信じられないくらい寒かった。またヒータの故障か、とマシマは舌打ちをする。調子が悪いと整備士に言っておいたのに。今回は完全に止まってしまったようだ。既に交信が可能な領域であることを確認してから、無線のスイッチを入れ、グリーンのインジケータが点灯するのを待った。

「悪いけど、高度を落とす」

右斜め前方を飛んでいたトキノの機体が近づいてきて、すぐ横に並んだ。こちらを見ているようだ。

「何だ？ 故障か？」

「大したことないよ。寒いだけ」

「了解。気が済むまで下がってくれ」

「ありがとう」

マシマは薄い雲の中へ沈んでいく。どこかで軽い振動音が断続的に鳴っているようだ。

嫌な音だけれど、この程度のことは日常。気にしてはいられない。この飛行機は、自分のまえにも、そいつのまたまえにも、別のパイロットを乗せて飛んでいた。そろそろ危ない感じではある。

周囲の雲が消えて、地面が見えてきた。茶色っぽい草原に、ところどころ黒い森。細い河と真っ直ぐな道路。振り返ると、太陽と同じ方向に青い山脈が霞んで見えた。せめて前方に太陽がいてくれたら、もう少し暖かいのに、とマシマは思う。

「どうだい?」無線でトキノがきいてきた。

「まだわからない。しばらくここで我慢してみる」

「なんだったら、道路にでも降りたらどうだ?」

「ああ、そうだね。熱いコーヒーが飲みたいな」

「もう、ほんの少しだ」

エンジン音は一定のノイズ。大人しい。空気が執拗に粘着し、翼の先が細かく揺すられる程度。メータはどれも動かない。もうこうなったら、トラックを運転しているようなものだ。

久しぶりにハードなダンスだった。けれど、幸い、機体は無傷だ。敵機は、こちらの倍の数。六機いた。最初、四機しか見えなかったから、迷うことなく交戦になった。リーダのサカシロが三機を墜《お》とし、同僚のトキノが二機を墜とし、そして、マシマは、サカシロを墜とした一機をやった。結果は六対一の圧勝だが、サカシロが墜ちたことは残念でならない。半年ほどだったけれど、たいてい一緒に飛んでいたのだ。それに、マシマの役目は、サカシロ機の援護だった。

今回も、サカシロ機の後方に入った敵機の、その後ろにマシマはいた。敵機がサカシロを撃つのと、自分が撃つのと、どちらが早かっただろう、と何度か振り返った。よくわからない。

撃った。

当たった、と思った。

離脱した。

一度ロールしてから確認をしたときには、煙を吐いた二機が同じ方向に見えた。敵機が機銃を放ったところは、少なくともマシマには見えなかった。そんなほんの少しの前後関係、僅《わず》かな時間差が問題なのか、と自問した。自分には、ほかにどんな選択があったか。最善だっただろうか。そう考えながら、戻ってきた。そして、もう今は、自分の役割はぎりぎり果たせたのだ、と結論していた。

仲間を失うことは、特別ではない。

サカシロの今回の決断が無謀だったとも思えない。六対三で交戦したのも、最初の状況からすれば順当だ。しかも、こちらは四機に奇襲がかけられる位置だった。妥当な判断だ。

その状況自体が、敵のトラップだったことが今になってみればわかるが、しかし、結果的に回避されたわけだし、問題はなにもない。

　トキノ機が左右に主翼を振った。周囲の空を見たが、なにも確認できない。

「何だ？」

「下で手を振っていた」

　機体を傾けて、地上を見た。既にずっと後方になるが、道路の脇に白い家があった。遠ざかっていく人間の姿が見えたが、手を振っていたかどうかまではわからなかった。

「知合いか？」

　トキノ機は答えない。

　高度は三百まで下がっている。そういえば、少しは寒さが和らいだかもしれない。そんな気がする。自分がそう思いたいのだろう。基地まであと数十分だ。

　サカシロが墜ちたから、今度は誰がリーダになるのだろう、とマシマは考えた。自分だったら嫌だな、と思う。そのときはトキノに代わってもらえるだろうか。そんなことを申し出ても良いものだろうか。リーダになると、人の世話を焼かなければならない。それが面倒なのだ。

　それよりも、新しい飛行機に乗りたい。もうオーバホールの時期だ。こんなのに乗っていたら、そのうち、撃たれなくても墜ちてしまうだろう。同僚の一人が言っていたのだが、どうも開発されたばかりの新型機に問題が見つかって、そのせいで予定が大幅に遅れているらしい。遅れるのはかまわないが、それだったら、整備を強化するなり、パーツを交換するなり、なにか対処をしてもらいたいものだ。エンジンだけでも新しいものに替えられないのか、という議論もあった。エンジン自体が悪いわけではないが、それくらい大掛かりな整備をすれば、交換しておこうという消耗品が沢山あるからだ。

空にいるとき、そんなことにまで考えが及ぶなんて珍しいことだった。たぶん、ここまで低く下がってきたから、地上の頭に戻ったのだろう。

前方に滑走路が見えてきた。

「さきに降りてくれ」トキノが言ってきた。本来ならば、彼がさきなのだ。

「了解。ありがとう」マシマは答えた。

## 2

上司の部屋で、マシマはソファに座っていた。上司はまだデスクにいる。さきほどは電話をかけていた。今は書類を見ているのか、なにをしているのかわからない。ドアがノックされ、トキノが入ってきた。彼はマシマの横にやってきて、溜息をついてからそこに腰を下ろした。

「暖かいなここは」トキノが小声で言った。

「死ぬほど暖かい」マシマは頷く。

デスクにいた上司が腰を上げ、こちらへ出てくる。二人は立ち上がって、敬礼をした。

「ご苦労」上司は敬礼をしてから対面の椅子に座った。「サカシロの最期を確認したのは？」

「自分です」マシマは答える。

「脱出できなかった？」

「ええ」

「そうか、残念だったな」上司はそういうと、煙草に火をつけた。「簡単に報告を」

「敵機は、最初四機でした」トキノが報告した。

マシマは黙っていた。特に、トキノと相談をして、どちらが説明をすると決めていたわけではない。キャリアはマシマの方が上だが、階級は同じだ。トキノにアドバンテージがあるとすれば、彼は今回二機を撃墜している、というだけ。あるいは、マシマは、サカシロ機の護衛任務に失敗をしている、というだけ。ただ、マシマに不満は微塵《みじん》もない。トキノが説明をしてくれる方がありがたかった。彼の説明は非常に簡潔だった。そして、肝心のサカシロ機が撃たれた部分の説明では、マシマ機が敵機を撃ったのとほとんど同時だった、と表現されていた。この部分だけは自分では言いにくいところだ、とマシマは考えていたので、余計に助かったと感じた。

「なにか、つけ加えることは？」上司がマシマにきいた。

「いえ、特にありません。自分がもう少しだけ早ければ、サカシロは助かったとは思いますが、その場合は、たぶん自分が撃つまえに敵機は離脱していたはずです。そいつはかなりできる奴でした。一対一だったら、自分が勝てる見込みのない腕だったと思います」

「頭に血が上っていたんだろう」トキノが小声で呟いた。

誰のことだろう、とマシマは考える。自分か、それともサカシロか。違う、敵のリーダのことだろう。僚機を何機も墜とされていたのだから、それは無理もない。

報告はそれで終了した。上司の部屋を辞去し、二人は通路を歩いた。階段の手前に談話室がある。そこに仲間が集まっていた。マシマは、話をするのが憂鬱《ゆううつ》だった。

「今夜は、出かけるか？」トキノがきいてきた。

「ああ、そうだな。考えもしなかったよ」マシマは答える。「こういう場合、どうなんだろう？」

「どうなんだろうって？」

「いや、二人になったからね」

「いや、べつに、決まりはないさ」

「お前は行くのか？」マシマはきき返す。

「うーん、お前が行くなら、つき合う」

「僕も、そう言おうと思っていた」

二人は談話室に入った。窓からは狭い中庭が見える。どうしてそんなスペースがあるのか不思議だ、とマシマはいつも考える。そこも部屋にしてしまえば広くなって良かったのに、という意味だ。おそらく、日を入れて室内を明るくするためだろうけれど、しかし、周囲の部屋はいつもカーテンかブラインドが下りているのだ。外の明かりを遮ったうえで、日中でも天井の蛍光灯が灯っている。この方が、外の変化に惑わされない、という理由だろうか。いずれにしても、そもそも地面の近くは暗い。空の上に比べたら、はるかに暗いのだ。

幸い、そんなに大勢は集まっていなかった。パイロットが六人だけだ。もちろん、既にサカシロが墜ちたことは基地中に知れ渡っているはず。いつもよりは、ほんの少しだけ全員の顔が曇っている。今日の天気みたいだ。その程度の日常である。

トキノがいつもの口調で、状況をだいたい説明した。ときどき質問があって、それに答えながらだ。感情的な話題は一切なかった。飛行に関するテクニカルな問題、飛行機の性能のこと、そして、戦略的な判断について。そんな真面目な議論である。まるで芝居をしているように決まり切った台詞が多く飛び交った。だが、芝居ではない。ここにいる連中はこれを望んでいる。こういう情報が欲しいのだ。自分がこれから生きていくためには、これにしか興味が持てない、といっても良い。マシマは、そんなことをぼんやりと考えていた。奇妙なことだと思えた。つまり、今日の自分はいつもよりも、多少遠いところにいるようだったからだ。基地へ戻ってきたのに、まだ雲の上にいるような気分だった。本当は、あのとき自分も墜とされたのではないか。魂だけがここへ帰ってきて、みんなの話を聞いているのではないか、と想像した。それでも良いな、とも思えた。少し微笑《ほほえ》みたくなった。

話が終わって、場所を食堂へ移し、ビールを飲むことにした。新しい煙草の箱を開けて、新鮮な一本めを味わった。このときになってようやく、マシマは気分が良くなってきた。トータルとしては、今日は良い日だったのだ、という決着がついたように思われた。

「どうだい？」トキノが近くへ来て尋ねた。たぶん、出かけるかどうか、という話だろう。そうでなければ、もう部屋へ戻るつもりだ、という顔だった。

「行こうか」マシマは答えた。

「OK」トキノは口もとを少し緩め、マシマの肩を一度叩いた。「じゃあ、一時間後に」

「了解」

## 3

赤いメタリックのドレスで色の黒い女が、トキノを見て高い声を上げた。髪がいつも濡れているみたいで、あんなのが顔に垂れてきたら気持ちが悪くないか、といつもマシマは思うのだ。トキノとはすぐに別れた。マシマはロビィのラックにあった雑誌を摑み、階段を上がった。いつも相手にするマキは出てこなかった。

案内された部屋に入る。しばらくすると、違う女が部屋へやってきて、マキはいないと言った。

「いないって、どうして?」彼はベッドで横になって雑誌を読んでいた。写真ばかりで、説明の文字が写真と重なって読みにくい、そんな設計の雑誌だった。

「うーん、ちょっと、たぶん、病気じゃないかしら」女はベッドに座って言った。「駄目? 私じゃあ」

「いや、そんなことない。君は?」

「私はフーコ。風邪をひいているわけじゃないわよ」

「へえ、何をひいているの?」

「なにもひいてない。悪かったわね」彼女は口を尖《とが》らせ、マシマの足を叩いた。

「何の話をしているのか、わからないよ」

「ねえ、サカシロさんは？　どうして一緒じゃないの？」

「ああ……」マシマは雑誌をサイドテーブルへ置いた。

「え……、もしかして、死んだの？」

　マシマは頷いた。

　フーコは黙って息をゆっくりと吸ったようだ。それから、一度天井を見上げた。そちらにサカシロがいると考えたのかもしれない。

「そう……。そっかぁ……、死んじゃったんだ」

「病気だよって言えば良かったかな？」

「え？」下を向いていたフーコが顔を上げる。

「そう言った方が、良かったかなって、少し思った」

「ううん、そんな嘘は駄目」彼女は微笑んだ。「ありがとう、教えてくれて」

「マキは、本当に病気？」マシマは尋ねた。

「えっとぉ……」フーコはまた天井へ目を向ける。「うん、本当は、そのぉ、病気じゃないわ。ごめんなさい。嘘を言いました」

「彼女、どうしたの？　死んだの？」

「まさかぁ、死んだりしないよ、そんな」フーコはベッドに上がって、彼に近づいてきた。

「うんとね、私も詳しくは知らないんだけれど、つまり、えっと、いなくなっちゃったわけじゃなくて。その、ここから、どこかへ行こうとしたみたい」

「へえ……。行こうとした、というのは、行けなかったってこと？」

「そう。見つかっちゃって、叱られてさ。で、今は、泣いてるよ、きっと」

「どこで？」

「どこかで」

「どうして叱られるの？」

「やっぱり、黙って逃げたりしたら、怒られるよね」

「ああ、そういう決まりがあるんだね」

「人間さ、約束っていうのをするじゃない。自分がしたくなくても、約束をしないといけないこと、あるじゃない。で、結局、その約束のために、あとで叱られたりするんだよね」

「そうだね」

「死んじゃえば、約束も消えてしまうわけだから、生きているうちだけなんだよね、叱られるのは」

「そりゃ、そうだよ」

「そうか、サカシロさん、死んじゃったんだ。あぁあ、なんか、ちょっと寂しいかも」

「良い死に方だったよ」マシマは言った。

「え？」躰《からだ》を寄せていたフーコが顔を離し、彼をじっと見つめた。「見ていたの？」

「すぐ近くではないけれど、一緒に飛んでいたから」

「どういうこと？ 良い死に方っていうのは」

「えっと、うん、まあ、空で死ぬのは、全部良い死に方だよ」

「だけど、落下傘で脱出できるんじゃない？」

「そういうときもあるね」

「どうして、良い死に方なのに、脱出したりするの？」

「ああ、それは、もっと良い死に方がしたいからだよ」

フーコはしばらく黙って考えていたようだが、やがて学芸会の子供のように微笑んだ。大人なのに子供のように微笑むことができるのは、たぶん、それが彼女の仕事だからだろう。

4

暗い部屋の中、マシマは煙草に火をつけた。ライタの奇跡的な明るさが、時間や空間を彼と結びつけようとしたが、やがて光は消え、赤い熱源だけが宇宙に残った。ただ、残像のおかげで、煙を吐くと、それが見えるように漂う様が想像できるのだった。

「もう帰るの？」すぐ横でフーコのハスキィな声。

「いや、まだ、煙草を吸っているし、服も着なくちゃいけない」

小さな明かりが低いところで灯った。彼女はベッドから起き上がり、向こう側へ足を下ろした。服を着ようとしているようだ。ちょっと変わった女だな、とフーコのことをマシマは思った。何だろう、そう、珍しく纏《まと》いつかないのだ。

「また、会える？」彼女は背を向けたまま尋ねた。

「そうだね」彼は煙とともに、煙のような返事を吐いた。

「あ、そうだ。いけないいけない。私ね、もうすぐここにいなくなるかも」

「へえ、どうして？」

「出ていけることになったから」

「出ていける？　今までは、行けなかったの？」

「それは、そうだよ」

「叱られない？」

「叱られない」

「へえ、じゃあ、それは良いことなんだ」

「良いことだわ。もう、いつまでも、こんな仕事を続けられないでしょう？」

「よくわからないけれど」

「ごめんなさい」彼女は躰を捻《ひね》って振り返る。顔が近づいた。着けたばかりの下着が、マシマの肩に触れた。ざらっとした感覚だった。「こんな話、聞きたくなかった？」

「そんなことない。興味があるよ」マシマは言う。彼は自分の煙草の煙に視線を戻す。

「あまり、考えたことなかったから」

マキも、もしかしたら出ていけるようになるのだろうか。早く彼女もそうすれば良いのに。フーコは嬉しそうだった。声でそれがわかる。

「どうすれば、叱られないようになるわけ？」彼はきいた。

よくわからないが、他人が幸せになることが、自分にも小さな安心になるのは、不思議だ。理由はわからない。そう反応するように、教育されたためだろうか。

「変な話だけれど、ようするに、お金なのね」フーコは言った。「お金が貯まれば、どこへでも行けるってわけ」

「どうするの？　何をするの？」マシマは尋ねた。

「え、何？」

「出ていって、どんな生活をするのかってこと」

「どんな？」

「そうね、それはこれから考える」

「へえ……」彼は煙を吹き出した。少し可笑《おか》しかったからだ。

「オープンしたら、案内状を出すわ」

「僕のところへ？」

「そうだよ。いけない？」

「いや、そんなことない。でも、何の店か、わかるようにしてほしい」

「わかった。そうだね。それは問題ね、たしかに」

フーコは立ち上がってスカートを穿いた。マシマも煙草を消してシャツを着る。時刻はまだ真夜中。しかし、トキノと帰りの約束をしている。もうそろそろその時刻だ。

部屋はしばらく静かだった。着替えをさきに済ませたのはマシマの方で、フーコの服はまだソファに残っていた。彼女はバスルームで化粧を直しているようだ。なかなか出てこない。今はもう照明が灯り、部屋全体が明るかった。マシマはまたベッドに座って雑誌の続きを読んだ。あと十分したら部屋を出ていこう、と考えていた。

ドアが小さくノックされた。

珍しいことだ。マシマはドアまで行き、ロックを外してドアを引いた。通路は黄色っぽい光で満たされていて、少し離れたところにトキノが立っていた。

「あれ？　もう時間？」マシマはきいた。

「時計が壊れているんだ」トキノは顔をしかめた。

「どこの？」

「部屋のさ」

マシマは腕時計をしていたので、それを見た。

「早かったか？」トキノがきいた。

「いや、だいたい合っている。もう出られるよ」

「悪かった。マキにも謝ってくれ」トキノが言う。「下で待っていても良かったんだが、なんだか、騒ぎがあってさ」

「騒ぎ？」

「細かい揉め事みたいだ。関わらない方がいいな」

「そう……」

「裏口から出よう」

「わかった、すぐ支度をする」マシマは一度ドアを閉めた。

フーコがちょうどバスルームから出てきた。

「トキノが呼びにきたから、もう行くよ」彼は言った。

「あ、お送りするわ」彼女は慌ててブラウスを着る。

「いや、なんか、下で騒ぎがあったから、裏口から出るって言っていた」

「え……、騒ぎ？　何かしら」

「じゃあ、また」マシマは、ジャケットを摑んでドアを開ける。

トキノは壁にもたれかかって待っていた。マシマは通路に出てから、ジャケットに袖を通した。

「あれ？　フーコじゃないか」トキノが部屋の中を見る。胸のボタンがまだかかっていない。白い肌に入れ墨が覗き見えた。

「あら、お久しぶり」彼女がトキノに微笑み返す。「ねえ、クサナギさんは？」

「知らないよ」彼は首をふった。

トキノに背中を押されて、マシマは通路を歩いた。奥に階段がもう一つある。そこを下りた。暗い小さなホールに扉があり、それが裏口だ。

「またねぇ」階段の上からフーコが手を振った。「もう会えないかもしれないけれどぉ」

トキノが扉を開けた。暗くて冷たい空気の中へ出た。ドアから地面へ木製の階段が数段。草が生えた地面へ、窓から白い光が落ちている。

「あいつは苦手だ」歩きながらトキノが言った。

「フーコのこと？」

「うん。なんかな、ちょっと切れているよな、回路がさ」

「そうかな」マシマには、その感覚はわからなかった。「もう、ここを辞めるって話してたよ」

「へえ、そう」トキノは驚いたようだ。「じゃあ、本当だったんだ」

「何が？」

「ほかの女から聞いたんだが、クサナギ氏からフーコが金をもらったってさ」

「クサナギ大尉のことか？　なんで？」

「さあね。とにかく、その金でさ」

「ここを出ていけることに？」

「そういうわけだ」

「わからないな、話が」

「わからない方がいい」

　建物の表に出て、駐車場へさらに階段を下りていく。明るいポーチの方を振り返って見たが、今は誰もいない。

　車に乗り込んだ。運転席にマシマ、助手席にトキノ。

「揉め事っていうのは？」エンジンをかけながらマシマは尋ねた。

「ほら、そこの車だ」トキノは、斜め前を指さした。

　高級車が二台駐められていた。暗くてわからないが、運転席に誰か乗っているようだ。

「なるほど」マシマは頷く。

つまり、運転手を待たせるような人物が複数人来ている、ということらしい。飛行機乗りは、地上で喧嘩なんか絶対にしない。人種が違うのだ。たしかに関わりたくない、とマシマも思った。

まだ暖まっていないエンジンを駆り立て、車を出した。砂利が跳ねる音が消え、アスファルトの道へ出る。ヘッドライトが照らす前方は、水の底みたいにぼんやりと霞んでいた。

「そうか、そういえば、サカシロは、フーコだったな」トキノが助手席で呟いた。「今夜、もし来られたら、最後の一夜ってことになったわけだ。どっちが残念だったかな」

サカシロが一緒にここに来ていたら、自分はフーコには一度も会わずに済んだわけか、とマシマは思った。

「お前が代理だったってことか？」トキノが言う。

マシマは、その意味を考えた。数秒間、頭の中を言葉だけが巡った。

「なあ、どっちだ？」トキノが尋ねる。

残念だったのは、サカシロかフーコか？

マシマは答えられなかった。

## 5

半月後くらいのこと。

マシマが談話室の前を通りかかると、ドアが開いたままで、数人のパイロットが中で集まっていた。何の話だろう、とそのまま室内に入った。

マシマが入ってきたので、一人がそれを彼に手渡した。一枚の絵はがきだった。砂浜の風景の写真で、ブルーとグレィの二色のインクしかいらない印刷だった。裏には、子供が書いたような文字が並んでいた。

みなさま、お元気ですか。
私はとても元気ですよ。
どうもありがとうね。
また手紙を出しますから、待っててね。
フーコ

と読めた。

宛名には、この基地の住所に、やはり《みなさま》としかなかった。店のことは書いてないな、とマシマは思った。ほかの連中とも、フーコのことについては話は弾まなかった。すぐに別の話題になったからだ。情報通のトキノがいれば、多少は彼女について語られたかもしれない、とマシマは考えた。彼自身はほとんどフーコのことを知らなかったし、そこにいる連中からも、気まぐれな女だった、というくらいのコメントしか聞けなかった。

ところが、どういうわけか、その絵はがきはマシマのものになった。お前が持っていろ、と誰かが言った。最後に彼女に会ったのがマシマだったからだ。特に抵抗することでもなく、彼は絵はがきを自室に持ち帰った。

絵はがきは、マシマのデスクの上にある書棚の端に差し入れられた。そのほかにも、三枚のはがき、そして二通の手紙がそこに既にあった。もうずいぶんまえになるが、彼の故郷から送られてきたものだった。フーコの絵はがきをそこに入れるとき、マシマは一瞬だけそんな手紙があることを思い出した。どんな内容だったかはすっかり忘れてしまっていたけれど、しかし、わざわざ取り出して読む気にはなれなかった。フーコの絵はがきも、それらと同じように、たちまち忘却の対象となるだろう。二度と読まれることもない、と彼は思った。

ただ、もしも自分がこの部屋に帰ってこられなくなったときには、誰かが、自分の持ちものを整理し、きっと故郷へ送り返すことになるはずだ。手紙は書かれた人間の元へ帰ることになる。そして、フーコの絵はがきだけは、一瞬の見当違いの想像を喚起する程度で、そのまま意味のない一片の紙切れとなるだろう、とマシマは想像した。

## 6

それからまた数週間が過ぎたが、フーコから二通めのはがきは届かなかった。届かないな、というような話題にもならなかったし、もちろんマシマも、一度も彼女のことを思い出さなかった。

ある日、基地から少し離れたところにある店にマシマが訪れたときのこと。彼が車から降りると、駐車場に見かけたことのあるセダンが斜めに駐められていた。必要以上に大きく、ボンネットの広い車だった。

彼が店へ近づこうとしたとき、高い声でしゃべりながら、ドアから女たちが三人出てきた。彼女たちはマシマがいることに気づいて話を中断し、こちらへ笑顔を向けた。マキの顔はない。彼が確認できたのは、そのことだけだった。

「トキノさんは？」女の一人がきいた。

「さあ」彼は答える。

「一緒じゃないの?」

「ああ」

「また来てねって、言っておいて下さい。元気?」

「たぶん」

そのまますれ違って、彼は店の中へ入った。客はほかにいない。カウンタの中でマスタがカップを洗っている。音楽もかかっていなかった。マシマはカウンタの席に座り、熱いコーヒーを注文した。マスタがその作業に取りかかったとき、店のドアが開いた。マシマが振り返ると、さきほどの女の一人が立っていた。

「ごめんなさい、ちょっとお願いしたいことが……」

マシマはマスタを見た。マスタも目を少し大きくしてマシマを見た。無言のうちに、マシマは立ち上がって、女の方へ近づいた。彼女はドアを開けたまま待っていたので、マシマは外に出た。ドアの外は木製のデッキ、そしてステップがある。地面に下りるまで三段。

「エンジンってわかる?」女が尋ねた。

「どういう意味?」

「動かないのよ」

「ああ……、そういうことか」

例の車のところへ行った。後部座席に二人が座ったままだった。一人が窓から顔を出して、マシマに手を振った。

運転席に乗り込み、イグニッションを試してみる。セルが唸ったものの、エンジンは始動しない。

「これさ、フーコの車なの」後部座席の女が言った。

もう一度、試してみたが結果は同じだ。セルが回しきっていない音だった。バッテリィが弱いだけだろう。

「ガス欠じゃないよね。入れたばかりだもん」外に立っている女が言う。

マシマは外に出て、自分の車へ歩いた。

「ね、どうするの？」後ろを女がついてくる。

自分の車に乗り込み、エンジンをかけた。そして、彼女の車のすぐ横まで移動させた。エンジンをかけたまま、彼は車から降り、リアトランクを開ける。工具箱とスペアタイヤの間にブースタ・コードがあった。彼はそれを摑む。妙に硬いコードで、クリップが引っかかり、跳ね上がった。

「ねえ、直る？」女が近づいてきて、また尋ねる。

今度は、女の車の運転席へ顔を突っ込み、ボンネットを開けるレバーを探した。

「フーコの怨念なんじゃない？」車内の女が言った。

「私たち、降りた方がいい？」もう一人がきいた。それが今までで一番まともな質問だった。

「いや、関係ない」マシマは答える。すべての質問に同時に答えた気分だった。

バッテリィの端子にクリップを挟み、自分の車のバッテリィにコードのもう片方をつなぐ。彼は、女の車の運転席に再び乗り込み、イグニッション・キーを捻った。セルが唸り、エンジンを回す音。アクセルを少し踏み込んだところで、無事に始動した。

「うわ！　凄《すご》い。直った」外の女が手を叩いた。

後部座席でも拍手が起こった。

マシマは車から出て、バッテリィからコードを外した。ボンネットを閉める。コードは、自分の車のトランクへ投げ入れた。それから、自分の車の運転席へ窓から手を入れ、エンジンを止めた。

「ねえ、何がいけなかったの」女が車の反対側から尋ねた。

「バッテリィを替えた方がいい」

「バッテリィね」

「そう」

「バッテリィ、バッテリィ」女は言葉を繰り返す。覚えようとしているみたいだ。

「このまま工場へ行くか、そうでなくても、家まで真っ直ぐ帰る。途中でエンジンを止めない方がいい」

「また、動かなくなっちゃうってこと？」

「たぶん」

「そう……、困ったなあ。駄目な車ね」

「いや、悪いのはバッテリィだけだ」

「ありがとう。本当に助かったわ」

マシマは片手を軽く一度上げてから、店の方へ歩いた。

後ろから、まだ言葉が幾つか飛んできたが、もう関係のあるものではなかった。

店に入ったとき、彼女たちの車が出ていく音が聞こえた。カウンタへ戻ると、ちょうどタイミング良く、マスタがコーヒーを彼の前に置いた。彼は熱いそれを一口だけ飲み、それから、もう一度立ち上がって壁際のラックへ雑誌を取りにいった。

シートで脚を組み、写真を眺めながら雑誌のページを捲《めく》る。カップに手を伸ばし、またコーヒーを一口飲んだ。ふとドアの方へ目を向けると、眩《まぶ》しい外の光がガラスを透過し、床に白く落ちていた。

駐車場で二回だけ耳にした女の名を思い出す。一瞬、白い肌と入れ墨を思い浮かべる。

それだけだった。

コーヒーをもう一口飲むと、すべてを忘れていた。

# Doll of Glory

High overhead floated a soft white cloud. Was that her destination? Snowflake remembered that it was in a cloud she had been born.

ドール・グローリィ

頭上はるかな高みには、ふわふわした白雲がひとつ浮んでいました。あれがわたしの行きつくところなのか？ 雪のひとひらは、自分のいのちのふるさとが雲の中であったことを思い出しました。

# I

彼女は、その重い扉を自分の力で押し開けた。初めてのことだった。これまでは、大人が開けてくれたのだ。自分はまだ小さくて、きっと力が足りないと考えていた。今日はたまたま近くに大人がいなかったので、試してみたのである。ずいぶんまえに一度だけ自分で開けようとしたときは、びくとも動かなかった。だから、今回は最初から息を止めて、渾身の力で押してみた。するとどうだろう、想像していたよりも簡単に、それは動いたのである。

そのドアを通り抜けるのは、もう何度めだろう。もちろん、自分も成長したし、もしかしたら、ドアも歳をとって、少し弱くなっていたかもしれない、と彼女は考えた。

消毒の匂いは、内部へ入るほど逆に飽和して、やがて感じなくなった。光は霞んだように白っぽく、床は常に濡れているみたいに艶やかだった。ドアにはナンバしかない。すれ違う白衣の職員は、例外なくメガネをかけ、そして無表情だった。職員でない者は、ぶかぶかの服装でわかる。患者たちだ。脱色したような白い肌は、動物というよりは植物を連想させた。彼らは僅《わず》かに口を開けていて、彼女の方へ鈍い視線を向けることがある。接近すると、今にもなにかを語りそうだったけれど、声を聞くような機会はなかった。ただ、人が歩く冷たい足音だけ。話し声も音楽も、ここには存在しないかのようだ。

ナースステーションで受付をして、しばらく待った。中年の白衣の女性が、カウンタから再び出てきて、彼女の前に立った。

「最近、風邪をひきましたか？」質問される。

「いいえ」

その女は観察するように彼女の躰《からだ》を見た。そして小さく頷いた。二人は通路へ出る。カードで開けるドアが途中に二箇所あった。さらに通路を奥へ入っていくと、両側にドアが等間隔で並んでいて、やはり小さく光る金属製のナンバプレート以外には、見分けがつかなかった。すべてがどこまでも同じで、それが永遠に続いているような場所だ。

「外に出られますか？」白衣の女が尋ねた。

「あ、わかりません。あの人がどう言うか……」

ナンバはまえと同じだった。女は鍵を開け、ドアを押して、中へ入っていく。彼女もそのあとに続いた。

奥の壁のかなり高い位置に小さな窓がある。そこから光が差し込み、部屋は明るかった。右手にベッド。中央に肘掛け椅子が置かれていたが、こちらに背を向けている。

「いかがですか？」椅子の向こう側に回り込んで、女は膝《ひざ》を折り、見上げるような姿勢で尋ねた。急に仮面を被ったように笑顔になっていた。

「べつに……」

「面会の方がいらっしゃいましたよ」

椅子が回転し、白い顔がゆっくりとこちらへ向く。

「君か……」その白い顔が僅かに変化した。

「誰ですか？」白衣の女が質問する。

しかし、それには答えなかった。いつも同じだった。

2

二人は通路を歩いて中庭へ出た。病院の職員は、ドアの外までは出てこなかった。それだけ信頼されている、ということのようだ。二人のうちどちらが信頼されているのかな、と彼女は一瞬迷った。

「カンナミ、私のことを覚えている？」彼女は尋ねる。

「君の顔は覚えているよ」ベンチに座りながら、カンナミは優しい声で答えた。

「良かった。もう何度も来ている、ここへ」

「何度も？　何度来た？」

「うーん」彼女は指を折り始めたが、途中で諦《あきら》めた。「十回以上来ていると思う」

「そう、そんなに長く、僕はここにいるんだね」

「そうね、もう何年にもなるわ」

「そういえば、ときどき、季節が変わっているなあ」カンナミは微笑《ほほえ》んだ。「ここへ出たときにそれがわかる。空が違う、そう、雲の高さが違う」

「暑かったり、寒かったり？」

「大したことはないけれど」

「何が大したことないの？」

「暑いとか、寒いとか」

「今は？」

「今は、うーん」また空を見上げる。「秋かな？」

「寒くない？」

「大したことない」

「そう……。もうすぐ冬になるわ」

「どうして、君は、僕に会いにくるのかな？　あ、僕に会いにきたの？」

「もちろん、そうよ」

「わざわざ？」

「ええ……」彼女は微笑んだ。「けっこう、遠いんだから」

「遠いって、どれくらい？」

「バスと電車で、えっと、合わせて五時間くらいかかるかしら」

「五時間も？　飛行機で来れば良いのに」

「そうね」彼女はくすっと吹き出す。「いえ、それでも、あまり変わらないの。飛行場が遠いから」

「そうか。まえから、そんなに遠かったっけ？」

「いいえ、以前は、そう、もう少し近かったわ。でも、私、就職をしたから」

「就職？　あれ、仕事を替えたの？」

「違う。替えたんじゃなくて、初めて。仕事をするのが初めてなの」

「へえ……、そうか。何の仕事？」

「学校に勤めています」

「あ、先生？」

「はい」

「何の先生？」

「何だと思う？」彼女は首を傾げてみせた。

ずっと空を見上げていたカンナミは、視線を彼女の方へ向けた。綺麗な瞳だった。簡単には手に入らないような綺麗さだった。その視線が欲しかったから、彼女は質問をしたのだ。

期待どおり、その視線は彼女を魔法にかける。深い静けさと闇に包まれるのだ。それはきっと、炎の中に浮かんだもののように瞳が微動しているからで、その輝きに怯《ひる》んだコントラストにちがいなかった。

「音楽の先生だね」平坦な発声で、カンナミは言った。

「どうしてわかったの？　私、そんな話をした？」

「さあ……」カンナミは目を逸《そ》らした。建物の窓の方を見る。あるいは、窓に映った空だったかもしれない。

就職のことは一度も話していないはず。それどころか、ピアノを弾くことだって話した覚えはない。これまでの自分は、それが好きではなかったからだ。それに、きっとカンナミも関心がないだろう、と思えた。だから、話したことはない。自分の人生も同じ。彼女は自分が好きになれなかった。ずっとそうだった。でも、今は少しだけ違う。ピアノが彼女の仕事になったし、これからそれが好きになるだろう、という確かな予感はあった。

「自分でも、変な感じがするわ。私が先生だなんて」彼女は言った。

「どうして？」

「学校の先生っていうのは、えっと、なんていうの、もっと大人で、つまりもっと、しっかりしていて、そう、偉い人のことだと思っていたから。そんな人間に自分が今なっているなんて、とても思えないから」

「自信がない？」

「うーん、いえ、自信はあるわ。あります。そうではなくて、まだ、えっと、自分は途上だと思う」

「途上？」

「未完成だと」

「ああ……」カンナミは小さく頷いた。僅かに口もとを緩めたようにも見えた。

しばらく沈黙があった。彼女はカンナミの横顔を見つめていた。こちらへその瞳がもう一度向くことはなかった。諦めて空を見上げると、青くて大きな電球の内側にいるみたいだった。風もなく、まるで空気がないように、澄み渡っている。

「この頃、具合はどうですか？」彼女は質問をした。

カンナミは、空を見つめていた。目を細めるようなことがない。眩《まぶ》しくないのだ。

「とても良い。実は、そろそろここを出られるかも」

「え、本当に？」

「まえにも、一度、そういうことがあって、少しだけ楽しみにしていたのだけれど、結局、病院を替わっただけだったね」カンナミは語った。

「それ、覚えているの？」

「うん、何故か、それは覚えているよ。どうしてかな。ショックが大きかったということかもね」可笑《おか》しそうにくすっと笑い、姿勢を変えて脚を組んだ。手を膝の上にのせ、それから、目を閉じて、首を傾げるような仕草をした。「今度は、だから、あまり期待をしないようにしている。無理だよ、そんなことって、自分に言い聞かせている」

「出られますよ、きっと」

「そうだと、良いな」

「素晴らしいわ」

「そう？」

「ここを出たら、どこへ行くの？」

「うーん、どこかな」

「どこへ行きたい？」

「どこかな。あまり考えていない」

「何をするの？」彼女は質問した。

その答は返ってこなかった。

飛行機という単語を、彼女は口にしないようにしていたので、だからそれを問うこともできなかった。カンナミの口から、一度だけその単語が出たとき、彼女は小さく緊張した。しかし、まったく関係のない別の単語のように聞こえた。少なくとも、長年の治療によって、あるいは単にその時間によって、それほど絶望的に引き離された、という印象だった。

## 3

いつもと同じ時刻に駅に到着し、同じ時刻に発車する列車の切符を買った。ただし、行き先は遠い。到着したら深夜になるだろう。売店で買いものをしてから、彼女は車両に乗り込み、指定の席についた。窓際だった。隣には老婆が座っていて、綺麗に編まれた毛糸の膝掛けの上に、皺《しわ》だらけの両手をのせていた。対面のシートは二人分が空いている。だが、きっとそのうち乗ってくるだろう。彼女はバッグを足許に置いた。

列車はすぐに動きだした。進行方向とは逆向きに座っていたが、彼女は窓の外をじっと眺めている。街の中では、運河のように低い位置を列車は走った。両側の高いところに樹木や建物の屋根が見えた。ときどき橋を潜《くぐ》り抜《ぬ》けるが、その上に、覗き込んでいる人の姿があった。しだいに周囲の土地が下がり、郊外へ出ると、平野が遠くまで広がっていた。太陽は反対側だったから、風景を鮮明で美しく見せてくれた。

ただぼんやりと眺めていただけだったし、なにも考えていなかったはずなのに、涙が零《こぼ》れ始めた。指で頬に触れたとき、それに気づいて驚いた。隣の老婆を見る。眠っているようだったので、少し安心する。再び窓の方へ顔を向け、そして、ゆっくりと慎重に考えることにした。

急いではいけない。興奮しないように。

どうして、自分は泣いているのだろう。

そう考えるだけで、躰中が一瞬で冷たくなっていく、そんな感覚に襲われる。ぴんと緊張が走る。しんと静けさが響く。彼女は目を閉じた。涙がなかなか止まらないので、ハンカチを出し、目と鼻に当てた。ゆっくりと意識して呼吸をし、とにかく涙を止めることに専念する。

あのシーンを思い浮かべる以外に、涙を止められないことは知っていた。悲しいから泣いているのではない。あれを思い出すまえに涙が出る。思い出すまえのサインなのだ。そして、回想によって涙は止まる。いつものこと。何度も、繰り返していることだ。

彼女は、姉と一緒に人混みを歩いている。手を引かれていた。もう手など引かれなくても自分一人で歩けるのに、と彼女は何度か姉に主張した。不自由は大嫌いだった。でも、大勢の大人たちが押し寄せるみたいに自分の間近を行き過ぎると、少し恐くなった。躰が触れることもある。誰もが無関心で、まるで川を下る流木みたいだった。

姉は手を離さなかった。それは本当に心強くて嬉しかった。でも、嬉しいという言葉を伝えたことは一度もない。そういう言葉をもしも出したら、それですべてがお終いになる、自分さえも消えてしまう、そんな予感がしていたからだ。今は、魔法で守られているけれど、その言葉で魔法が解けてしまうのだ、と彼女は信じていた。もっと小さいときにそういう夢を見たことがあったせいだ。

姉はゆっくりと歩いてくれた。自分に気遣ってくれているのだろう。明るく光る電球が幾つもぶら下がっていて、丸い木材で組まれた質素な店が建ち並んでいた。もの凄《すご》く沢山の音が混ざって煩《うるさ》かった。人の声、音楽、そして発電機だろうか、エンジン音。遠くから届くクラクション。なにかが弾ける音。太鼓を叩いたような音。ときどき、びっくりしてそちらを見ても、音がどこから発しているのか、わからなかった。

店先に並んでいるものは、ほとんどが食べものだ。植物か、動物の死骸。香辛料と油が焼ける匂いが立ち込めている。近寄りたくなかった。それは姉も同じらしく、できるかぎり離れて歩いた。必然的に、通りの中央付近を二人は進むことになる。そこが一番人が少なかったこともある。すれ違う人々の顔を、彼女は眺めて歩いた。みんな赤い顔をしていた。きっと酔っ払っているのだ。姉の顔よりも白い顔はなかった。

「ねえ、どうして、こんなところに来たの？」彼女はきいた。

「え？　何？」姉がこちらへ顔を近づける。

「ここへ来た理由をきいているの」

「ああ……、言わなかった？」

「聞いていないわ」

「人を捜している」姉は答えた。「仕事で」

そういえば、聞いたような気がした。けれど、人を捜して市場に来るなんて変だ、と彼女は思ったので、それとは違う理由があるのだろう、と考えたのだ。でも、もうそれ以上はきかないことにした。

竹で編まれた容器が沢山並んでいる店の前で、姉は立ち止まった。何を入れるための容器かわからない。大きさが様々なのに、形はどれもほとんど同じだった。艶のある黒い服を着た老人が煙管《キセル》を持って椅子に腰掛けていた。姉は、ポケットから小さな紙切れを取り出し、老人の前にそれを差し出した。彼女は、それを下から見ていた。紙の裏しか見えなかったけれど。明るい電球のせいで、文字が書かれていることがわかった。ここが目的地だろうか。

老人は、片目だけを大きくして、姉の顔を数秒間見つめた。それから、今度は彼女の方へ視線を向けて、じっと睨むように見据えるのだった。彼女は小さく頭を下げようとした。お辞儀をしようと思ったのだ。けれども、そんな余裕はまるでなかった。躰が硬直してしまうほど、その老人の顔が恐ろしかったせいだ。

老人はまた姉を見る。そして無言で頷いた。

立ち上がり、店の奥へ入っていった。彼について、二人も進む。もの凄く暗い部屋の中に入った。蠟燭《ろうそく》が一本だけ小さな炎を揺らしている。

「この子は、何だい？　お呪《まじな》いかね」

「どこにいますか？　貴方にきくように教えられました」

「どうしても、わかってしまうものなんだな」

「教えて下さい」

「女と一緒にいる。場所は教えても良い。それが、あんたたちの道理というものだ。人よりも道理は大切だからな。ただし……」

「ただし？」

「女を殺さないでくれ。それがこちらの道理だ」

「殺す？」

「殺すんだろう？」

「いいえ、殺しません。約束します」

「どうか女を殺さないでくれ。あれは、本当に良い子なんだ」

「わかりました」

「この子だって、そうだろう？」老人は彼女の方へ指を向けた。「可愛いものに罪はない」

老人は煙管を口にくわえた。

一瞬にして、白い煙があたりに立ち込めた。

次の場面は、ビルの階段だった。

白い蛍光灯がじいじいと泣いていた。錆びた消火栓の扉が傾いている。人の姿はない。しかし、そこに積まれた木箱の陰に、あるいは、突当りの鉄柵の奥に、生きている人間がじっと潜んでいるような確かな気配があった。なにかが動きそうな予感が闇に溶け込み、しかし飽和して、漂い始めているのだ。階段室の吹抜けからは、階下の生暖かい空気が上がってくる。その空気に、不思議なリズムの音楽が小さく、とぎれとぎれに乗っていた。

彼女は、姉の手をしっかりと握っていた。いつ、その手を離されるのか、と心配でならなかった。今にも、自分を捨てて、姉は消えてしまうのではないか、と想像したからだ。信じられるものが信じられなくなる、そういう雰囲気の場所だった。

姉の手は冷たかった。

その手が離れた。

もう一度、姉の手を摑《つか》もうとしたが、届かない。しばらく、姉はじっと立ったまま動かなかった。しかし、振り返って彼女を見ると、膝を折って顔を近づけた。

「ここにいて。動かないで」

「どこへ行くの？」

「すぐに戻ってくるから」

「お願いです。私を置いていかないで」

「良い子だから、ここで待っていて」

「本当に戻ってくる？」

「大丈夫」

彼女は頷いて、後ろへ下がった。壁に背をつける。冷たい壁だった。見上げると、太い柱があって、その窪みに闇が染み込もうとしていた。天井は剝《む》き出しの鉄骨。高いところに天窓があったけれど、ガラスは腐ったように曇っていた。

姉は短い階段を上がっていく。手摺を握ったその手は、さきほどまで彼女と繋いでいた左手。右手は見えなかった。なにか持っているようだった。

ドアがあった。姉はその横にある丸いものの中央を押した。遠くでベルが鳴る音が聞こえた。その音だけで、彼女はびっくりして、ますます闇の中へ自分の躰を押しつけた。このまま、じっとここに隠れていよう。良い子は、こんなことで怖がるものではない。心配ない。大丈夫。いざとなれば、目を瞑《つむ》ってしまえば、すべて消えるのだ。目を瞑って、ピアノの鍵盤を思い浮かべて、自分の得意な曲を弾こう。それができるのだったら、絶対に大丈夫。なにも起こらない。

また遠くでベルが鳴った。心臓の鼓動が共鳴するように躍った。通路の明かりは、今にも消えそうなくらい震えている。やがて、小さな物音がしてから、ドアが少しだけ開いた。

「誰？」女の声が聞こえた。

「クリタに会いにきた」

「誰なの？　あんた」

しばらく沈黙があって、今度はドアが大きく開き、中から若い男が現れた。彼は外に出て、背中でドアを閉めた。

「よく、ここがわかりましたね」彼は言う。「一人で？」

「どうする？　私と戻るか？」姉が尋ねた。

「うーん」彼は唸り、それから短い溜息をついた。「いや、駄目だ」僅かに首を振る。「もう、終わりにしましょう」

「どうやって？」

「お願いがあります」彼は言った。そして、小声で囁いた。「ここで僕を撃って下さい。銃を持っているのでしょう？」

「ここで？」

「ここでいい」

「どうして？」

「貴女に撃たれるなんて、幸せだ」

「どうして？」

「さあ……」彼は少しだけ笑ったようだ。「でも、もしかして、そのつもりで、来たんじゃあ?」

「連れ戻すことが私の任務だ」

「それは無理です。戻りたくありません。戻っても、飛べるわけじゃないし」

二人はそこで黙った。

沈黙。

リズムが混ざった空気と、予感が零れ落ちる闇。

「どうしても?」

「申し訳ありません、我が儘を言って」

「困ったな……」姉は、彼女の方を一瞬だけ見た。

「なにか?」彼もこちらを向いた。

彼女は柱の陰に身を潜めている。暗闇だから、向こうからは見えないかもしれない。

「子供がいる。見せたくない」

「ああ……。じゃあ」彼は頷いた。「あちらへ行きましょう」指を差した。「撃ったあとは、非常階段を使って、向こうから逃げて下さい」

二人は階段を下りて、通路の奥へ行った。影が動いたものの、すぐに姿が見えなくなった。

声も聞こえなくなった。
時間。
空間。
彼女は息を止めていた。
すべてがそれで止まったように。
一瞬、ふっと風みたいな圧力を感じ。
そのあと、銃声が響いた。
息を吐く。
足音。
姉が走ってくる。
手を伸ばす。
彼女の方へ。
その手を握った。
「行くよ」
通路を二人は走る。
後ろでドアが開く音が聞こえた。
別の音も。

ドアを開けて、非常階段へ出たときには、短い女の悲鳴が聞こえた。螺旋階段を駆け下りる。目が回りそうだった。鉄板に凸凹が斜めに並んでいるステップ。塗装は剝《は》がれ、黒と銀の中間のような艶やかさ。手摺の錆で捲《めく》れ上がった塗装。姉のブーツばかり見ていた。彼女はほとんど、引き上げられているみたいに、躰が軽かった。階段を下りたところにドアがあって、その外へ出た。

男が立っていた。姉はびっくりしたのだろう。立ち止まって息を止める。彼女は姉の後ろに隠れた。姉は片手に持っていた銃を男の方へ向けた。

「慌てないで下さい。これに乗って」男が言った。

自転車のタイヤのようなものが横に付いた乗りものだった。前にスクータがあって、男はそれに跨《またが》った。

「早く」

姉が乗り込み、彼女を引っ張り上げた。スクータが彼女たちの車を引っ張って走りだす。排気ガスの匂いと、ごつごつという振動に包まれる。

シートの中に沈み込むようにして、二人は抱き合った。姉がこんなふうに抱き締めてくれたのは、もうずいぶんまえのこと。いつだっただろうか。思い出せないくらい昔。震えていたようだ。やはり、恐ろしかったのだろう、とそのときは思ったけれど、もしかしたら、震えていたのは姉だったかもしれない、ということに彼女はずっとあとになって気づいた。

暗い路地を、スピードを上げて走り抜けていく。すぐに賑やかな通りに出て、自動車やオートバイが近くを走った。信号待ちになったときに、スクータの男は振り返って、彼女たちの方を見た。白い歯が見えた。笑っているのだ。どうして、こんなときに笑えるのだろう。

姉は煙草を口にくわえて、火をつけた。長く煙を吐いたとき、なにかに突かれたように躰がぶるっと揺れたのが伝わってきた。

「あの人を殺したの?」彼女は姉の耳もとで尋ねた。

姉は無言で、僅かに頷いた。目は前方を見たまま。全然笑っていなかったけれど、口もとだけが、しかし、少しだけ緩んだ。意志の力を見せようとした成果、あるいは抵抗だったかもしれない。

車はまた走りだす。クラクションとエンジン音が周囲を取り囲み、渦のように目まぐるしく回った。

「これは、合法的なことなの」姉は彼女に囁いた。

彼女は頷いた。その言葉の意味はわかった。それくらい知っている。姉は、普段も人を殺す仕事をしているのだ。世の中にはそういう仕事もあることを、彼女は理解している。ただ、いつもは、こんな近くの場所ではない。それは、もっと高いところ、空の上の話だ。

こんな普通の街の中で、しかも、彼女が見ているところで、人を殺すなんて、そんなことがあるなんて、知らなかった。

たぶん、普通のことではないのだろう、と彼女は想像した。なんらかのトラブルがあって、こういう無理な状況になったのだ。きっとそうだ。少なくとも、望んでなったことではない。これを目指していたはずはない。

「あの人、私、知っている」彼女は言った。言おうか、どうしようか、ずっと迷っていたことだ。けれど、黙っているわけにはいかなかった。それでは、姉にも申し訳ない。黙っていて、気を遣ってしまえば、それは悪いことだと認めているみたいで、姉に対して失礼になる。

「そうだね。ごめんなさい」姉はそう言って口を結んだ。

「どうして謝るの？　私のお友達だったわけじゃないわ。それに、あの人は、お姉様にお願いをしていたのだから」

「うん」

「立派だったわ」

「彼らしい、綺麗な最期だった」

「いえ、お姉様が」

「しかたがなかった」

「良い人だった?」

「うん」姉は頷くと、あちらを向いてしまった。速度を落とし、市場へ入っていく。やがて車は停まった。近くに屋台が並んでいるのが見えた。賑やかな通りの裏のようだ。ガスボンベが並んだところに、黒い服の男が立っていた。さきほど会った老人だった。

姉は車から降りた。彼女も自分の力で降りることができた。

「ありがとうございます。車の手配をしてくれたのですね」姉が老人に頭を下げた。

「ああ。お互いさまだ」老人は言った。「あの子を見逃してくれたからだよ」

「もともと、殺すつもりなんてありません」

「そうかね」老人は微笑んだ。そして、笑った顔を彼女の方へ向ける。「おお、可愛らしいお嬢ちゃんだ。大丈夫かい? 怖い夢を見たことはないかね?」

「夢?」彼女はきき返した。「怖い夢なら見るわ」

「そうか、ではな……」老人は、ポケットに手を突っ込んだ。その手を彼女の方へ差し出す。手のひらにキャンディが一つあった。「これを嘗《な》めると良い」

「いつ嘗めるの? 寝るまえに?」彼女は尋ねた。「虫歯になるわ、そんなことをしたら」

「いや、いつでも良い。死ぬまでに一度だけ、嘗めなさい」

「だって、一つしかないんだから、一度だけなんじゃない?」

「そう……。一度だけだ」老人は白い歯を見せる。

あのキャンディは、どこへ行っただろう。

嘗めた記憶はなかった。彼女の母が病院で死ぬとき、最後に、飴が嘗めたいと言った。その乾燥した口の中へ、彼女は飴を入れてやったことがある。そのことを思い出した。

ただ、その老人に会って以来、怖い夢を見ていない。

　その代わり、悲しい夢が多くなった。姉が彼を殺すところを夢で何度も見る。そして、そのたびに涙が流れる。けれど、怖いわけではない。涙が出るのだから、きっと悲しいのだろう。実際にその場では、涙なんて出なかった。きっと怖かったからだろう。怖ければ、悲しくない。悲しむ暇なんてない。悲しいことは、怖いよりは、ずっと幸せだ。

　もう一つ。あのときは気づかなかった疑問がある。どうして、姉は自分をあそこへ連れていったのだろうか。たしか、学校が休みで、しばらく宿舎から出なければならなかったのだ。姉が迎えにきてくれた。そのことは覚えている。そして、珍しく旅行をした。もっと違う街にも行ったし、ホテルにも何日か泊まった。でも、姉は仕事だったのだ。彼を見つけて、殺すための。

　あの日も、自分はホテルで待っていれば良かったように思う。連れていってくれと我が儘を言ったのだろうか。よく覚えていない。もしかしたら、姉は、彼に自分を会わせようとしたのかもしれない。それを思いついたのは、ずっとあとになってのことだった。

けれども、そのチャンスはなかった。

姉に罪はない。彼女はそう思う。

彼が願い出たこと。彼の希望だった。姉はそれを叶えてやったのだ。彼のその希望が、尊重すべきものだと理解できたからこそ、それを引き受けた。つまりそれだけ、姉が彼を理解していた証拠だといえる。

いつも、ここまで考えて、彼女はやっと涙を止めることができる。長い時間ではない。ほんの短い間に、これだけのことが頭を巡る。何度も何度も、繰り返されている。これからも、きっと繰り返すだろう。

流れる風景から、すぐ目の前のガラスにピントを戻す。いつの間にか水滴が沢山流れていた。雨が降りだしたようだった。

肩を叩かれる。

彼女はそちらを向いた。隣の老婆がにっこりと笑って彼女を見ていた。そして、片手を少し持ち上げた。そこに、キャンディが一つ。

「あ、ありがとう」彼女はそれをもらった。

老婆は笑顔のまま。なにもいわない。

これを嘗めれば、悲しい夢も消えるだろうか。

# 4

半年があっという間に過ぎた。

彼女は新しい職場で忙しく、一度も病院を訪ねることができなかった。夏も過ぎ、夕方の風がびっくりするほど冷たくなっていた。数日の休暇を取ることができたので、彼女は早朝、大きな鞄を持って電車に乗った。いつもの路線ではない。行き先が違う。距離は同じくらいだったが、方向は全然違う。初めての場所で、少し楽しみではあった。車窓の風景を眺めていたかったけれど、昨夜も遅くまで起きていたので、彼女は目を瞑った。幸い、悲しい夢は見なかった。足許の鞄には、少しずつ編んで、昨夜ぎりぎりで完成させたカーディガンが入っていた。それが、プレゼントのメインだった。

駅の建物を出ていくと、太陽が眩しい。駅前に高い建物は少ないものの、人と自動車は多かった。タクシー乗り場の行列のすぐ横に、長身の女が立っていた。太陽を背にしてシルエットだったが、カイだとすぐにわかった。昨日電話をかけて約束をしたのだ。向こうがさきに気づいて、手を挙げた。

彼女はそちらへ急ぎ、頭を下げて挨拶をした。

「予定どおり」サングラスを外して、カイが言った。「大きな鞄ね。何が入っているわけ？」

「お土産がいっぱいです」彼女は答える。

「ああ、なるほど。そういう発想は、うん、たしかになかった。斬新だな」

「カンナミは？」彼女は尋ねる。

「元気だよ」

「どんな具合ですか？」

「うーん、べつに、変わりはないけれど」

病院を出て、カンナミはこの街へ来たのだ。ここにカイがいるからだった。どんな生活をしているのだろうか。電話を一度だけかけたことがあったけれど、話はよくわからなかった。いつも、話はわからないのだ。

駐車場に向かって歩いた。途中でカイが振り返り、歩きながら彼女を眺めた。

「うん、大人になったね」

「私ですか？」

「こんなお嬢さんになるなんて、ごめんなさい、思ってもいなかった」カイは横を歩いている。「仕事はどう？」

「ええ、なんとか。忙しいですけれど」

「我が社に来てほしかったのに」カイは微笑んだ。

「申し訳ありません」

「いえ、良いの。ごめん。気にしないで」

カイからの勧誘はあった。しかし、彼女にはまったくその気がなかった。というよりも、カイが本気で言っているとは、信じられなかったのだ。今でも、もちろん信じていない。単なる、社交辞令だろう、と考えている。

モスグリーンのステーションワゴンに乗り込んだ。大きな車だ。彼女は助手席でシートベルトを締めた。

「二十分くらい」エンジンをかけてからカイが言った。「すぐだから」

「近いんですね」

「そう。でも、車以外では行けない。この街は、鉄道がほとんどなくてね」

「じゃあ、バスで？」

「バスもない。歩いたら、そうだね、どこへ行くにしても、四、五時間ってところかな」

「カンナミはどうしているんですか？」

「バイクに乗っている」

「ああ……」彼女は頷いた。そうか、と思う。

到着したのは、郊外の丘陵地だった。歩道の少し奥に小さなゲートがあって、芝の庭園が広がっている。建物は木造の平屋。紺色にペンキが塗られていた。窓の桟だけが白い。

その窓が開いたままになっていた。

カンナミの顔がそこにあった。車の音を聞いて顔を出したようだ。

「私、コーヒーを買ってくる。切らしちゃったから」運転席のカイが言った。「さきに、降りてて」

「あ、はい」彼女は頷いた。そして、カイをじっと見た。

「大丈夫よ」

「ええ」

彼女は、ドアを開けて飛び出し、ゲートを潜った。ポーチまで緩やかな傾斜を駆け足で上っていく。玄関のドアが開いて、カンナミが出てきた。白いシャツに白いパンツで、水兵のようだった。

彼女はカンナミに抱きついた。

懐かしい香りがした。

何だろう、空を見上げたときのような。

小さい頃から知っている。

ずっと、知っている香り。

「ありがとう、遠いところまで」耳もとでカンナミの声。いつもどおりの、抑揚のない冷静な発声だった。

「会いたかった」彼女は言う。「ごめんなさい、なかなか来られなくて」

「全然、問題ないよ」

二人は家の中に入った。窓際にソファがあって、そこに並んで座った。

「どう？　ここの生活は？」

「悪くない」

「何をしているの？」

「何をって？」

「うーん、一日、何をするの？」

「それはいろいろだよ」

「そう、そうね」彼女は笑った。「でも、聞かせて」

「いや……、出かけたりも、あまりしないし」

「退屈はしない？」

「病院に比べれば、いくらでもやることがあるんだ。今日は、そこのドアを直した」カンナミは指を差す。「しっかり閉まらなかったから。金具を外して、ハンマで叩いて……」

彼女は、奥のドアを見た。そちらは暗かった。もう一度、カンナミに視線を戻す。すぐ隣に座っている。ソファの背に、片腕をのせていた。片方の脚を曲げて、抱え込むようにしている。顔は俯き気味で、口は少し笑った格好。目は、じっと彼女を捉えている。引き込まれるような瞳は、微動だにしなかった。

もう自分の方が躰が大きい、と彼女は初めて気づいた。そのことが、急に込み上げるように彼女の躰を震わせ、痺れるような体感があった。躰の方々で細かい火花がちりちりと燃え散るように、漠然とした刺激の集合を感じた。

「泣こうとしている」カンナミが言った。「駄目だよ、泣いちゃ」

彼女は無言で頷いた。そして、無理に笑って見せた。

「なにか、僕に言いたいことがあるね？」

「お願いが一つだけ」彼女は言った。そして、大きく呼吸をした。「でも、今じゃなくて良いわ。いつだって良いことかもしれない」

「いいよ……、今、聞く」

「お願いだから、私のために……、もう飛行機には乗らないで」彼女は一気に言いきった。それは勇気が必要な発言だった。その言葉とともに、涙が溢れ、目の前のすべてが溶けるように歪《ゆが》んだ。しかし、彼女は我慢して、目を閉じなかった。逃げてはいけない。

「言うと思った」カンナミは首を少し傾げる。

沈黙。

涙は、頬を伝う。そこにカンナミの手が触れた。

「もう、泣かないで。それが僕からのお願いだ」

「ええ、ごめんなさい」

「大丈夫」

沈黙。

「たぶん……」カンナミは上を見た。天井を見たのか、それとも、その向こうにあるものを見通したのか。「君がいることが、僕の支えだ。君がいる間は、きっと大丈夫だと思う」

「飛ばない？」

「飛ばしてもらえないさ、もう」

「ずっと？　私がおばあさんになっても？」

「大丈夫だから、心配しないで」

頬に触れていた手に、彼女は口づける。

もたれかかるように躰を寄せて、愛《いと》おしい唇に触れた。

「大丈夫だから。泣かないで」

「ごめんなさい、ええ、もう……、大丈夫です」

「さあ、君の鞄の中を見せてほしいな。そんなに大きな鞄を持ったお嬢さんって、いないと思うよ。何が入っているのかな」

「そうだった」彼女は立ち上がった。

鞄を開けて、まずカーディガンを取り出した。

「へえ……、僕に？」

「まだ、ちょっと暖かいかしら」

「そんなことない」カンナミはそれを受け取って、すぐに腕を通した。

「お姉様のために編んだのよ」

「え？」カンナミがこちらを向く。「お姉さんって？」

「いえ……」彼女はくすっと笑った。「途中で気が変わったの」

大人になって、簡単に嘘がつけるようになった彼女だった。

# Ash on the Sky

When, much later, she returned to her senses, it was to find herself trickling down the side of the blackened building, all soiled and dirtied from the soot and cinders.

## スカイ・アッシュ

かなりたって正気にもどったときには、雪のひとひらは全身灰まみれ煤《すす》まみれで、黒焦《こ》げのビルの壁をつたい落ちてゆくところでした。

# I

真っ直ぐな道が丘を越えて続いている。その先の丘へも同じ道が続いているようだ。真っ直ぐなのは空から見たときのことで、土地の緩やかな起伏に対応して曲がっている。だから、実は直線ではない。自動車を運転する者は、ハンドルを切らなくても走り続けられるけれど、これが飛行機だったら、そうはいかない。逆にいえば、道という不自由さから離れることができないのだ。それでもまだ、走っているうちは風景も変わる。止まっているときに比べれば退屈しない。今の彼女は、その退屈と不自由さを感じていた。ただ、不思議なことに、少しも不満を感じなかった。

道の脇に車を駐め、彼女はその車のボンネットに腰掛けている。足はバンパにのっている。日差しが強いため上着を脱いだ。肌がひりひりと痛むくらいだった。けれど、暑いわけではない。まだ、朝方は息が見えるほど寒い季節なのだ。それに、空に上がったときに比べたら、まろやかな日差しと表現しても良い。

彼女は空を見上げた。サングラスをかけていたが、それを外した。空は単調に青く、高い位置に雲はない。飛行している物体も見当たらなかった。ついさきほど、黒い鳥が飛んでいるのが見えただけである。

車は滅多に通らない。今まで三台が通り過ぎたものの、いずれも駄目だった。彼女は煙草を吸っていたから、それがいけなかったのかもしれない。だから、今は煙草を我慢していた。四台めが遠くに見えたので、彼女はボンネットから下りて、少し前に出ていき、そこで待った。近づいてきたのは、白いワンボックスだった。彼女が手を挙げると、その車は減速する。乗っているのは一人。黒い鬚の男だった。減速しても、停まってくれるとはかぎらない。こちらを観察するだけで、そのまま行ってしまうかもしれない。しかし、その車は彼女の横で停車した。窓が開いている。

「どうした？」運転席の男が助手席の方まで身を乗り出して尋ねた。

「どこか、電話のあるところまで、お願いできませんか？」

「ガス欠？　それとも故障？」

「ええ。故障です」

「見てやろうか？」

「ガソリンもあるし、セルも回るけれど、かかりません。爆発していないから、キャブだと思います」彼女は話した。

「ああ、そうか。じゃあ、無理かもな。いいよ。乗りな。荷物は？」

「はい、ちょっと待って下さい。すぐに」

彼女は自分の車へ走り、助手席のバッグを引っ張り出した。それから、ダッシュボードにのっていた地図を折り畳んでバッグのポケットに押し込む。

男は、ワンボックスの後部のドアを開けて、荷物を退《ど》けてくれた。助手席には道具箱のようなものが幾つかのっていて、座れない。彼女を後ろの座席に乗せることにしたのだ。

「どうもありがとう」彼女は乗り込んだ。ドアはスライド式で、男が閉めてくれた。

運転席に戻り、一度後ろを振り返ってにやりと笑ったあと、男は車を走らせた。

「ここから歩いたら、まあ、夜になっても街には着かないよ」男は笑いながら言う。「命拾いしたな」

「助かりました」

「もう少し手前でも、トラックが一台停まっていた。そういう日なんじゃないのか」

「どういう日なんですか？」

「うーん、月の引力のせいとか」

「その人は、乗せなかったんですか？」

「いや、まだ修理中だったよ。なんとかなると踏んでいるんだろうね。まあ、口出しはしたくない。そういえば、お嬢ちゃん、詳しかったね、車のことに」

「いえ、詳しくありません。直せませんし」

男は振り返って、彼女を一瞥した。

「お嬢ちゃん、だよな？」彼は言う。

彼女は頷いた。努力して微笑《ほほえ》んでみせた。

「悪い悪い。髪の毛が短いから、最初、男だと思ったよ」

「男だったら、乗せませんでした？」

「いや、そんなつもりはない」男は大声で笑った。「男も、女も、いろいろいるさ」

熊だっていろいろいる。狼だっていろいろいる。でも、乗せないだろう、と彼女は思った。もちろん、黙っている。

「どこへ行くところだったんだい？」男は尋ねた。

方角だけを話し、行き先はしっかりとは言わなかった。彼女自身、よくわかっていなかったからだ。次は年齢をきかれたので、嘘をついた。それから、職業を尋ねられた。どうして、こんなにも沢山の質問を受けるのか、と感じたけれど、車に乗せてもらっているのだから文句はいえない。彼にしてみれば、得体の知れない者を乗せたのだから、少しでも安心したいのだろう。否、というよりも、自分とは関係のないところに埋もれている人生を掘り出すことが好きなのかもしれない。そういうタイプの人間は多いものだ。化石や遺跡を発掘するのと、きっと同じ嗜好なのだろう。

「今は、無職です」彼女は答えた。「職を探しています」

「今はってことは、まえは、何をしていたんだい？　学生？」

「いえ、飛行機に乗っていました」

「へえ……」男はまた彼女を数秒間じっと見た。道は真っ直ぐだし、前後にも車は一台もいない。飛び出す人間も動物もいそうになかった。「乗っていたっていうと、旅客機の添乗員とか？」

「あ、いえ、ちょっと違いますけど、まあ、そんなものです」

「どうして、それ、辞めちゃったの？」

「躰《からだ》を壊したので」

「ああ、なるほどね、あれ、けっこう辛《つら》いだろうな、毎日、あんな高いところまで上がるんだから。ずっとふわふわしっ放しで、そうそう、血圧とか、躰にあちこち影響があるんじゃないの？　よく知らないけれど」

「そうですね」

　そのあと、今度は男が自分の話を始めた。彼女にしてみれば、これはとても楽な状況だった。相槌《あいづち》を打っていれば良いのだから。

　商社に勤めていて、海外の地を転々とした、という話だった。最後の任地は、リゾート地と化している南国の島だったという。話は必要以上に詳しかったが、とにかくは、その島である女性と結婚をし、会社を辞めた。そのままそこで暮らしたのだが、その女性が病気で死んでしまったため、また故郷へ帰ってきた、というストーリィだった。

街が見えてきて、しだいに車の量が増えてくる。大きな工場がある。その関係なのか、大型のトレーラが走っている。ドライブインの巨大な看板、そして、倉庫のような建物も並んでいた。

鉄道の駅が見える場所で車から降り、男と別れた。名刺をくれて、もし就職に困ったときはなんとか相談にのるよ、と男は話した。彼女は礼を言い、車が去っていくのを見送った。少し離れたところにゴミ箱が見えたので、その名刺を捨てようかどうしようか迷ったけれど、とりあえずポケットの中に入れた。電話ボックスに入り、まずはレンタカーの店に電話をかけた。借りた車が故障して動かなくなってしまった、と説明し、車を置き去りにしただいたいの位置を伝えた。それから、この街でレンタカーが借りられないか、ときいてみた。

「残念ながら、そちらには当社のチェーン店がございません」

「じゃあ、どうすれば良い？　お金も払えないよ」彼女は言う。

「今日は、どちらにお泊まりでしょうか？」

「まだ決めてない」

隣街ならば、その店の支店が駅前にある、と聞いた。とにかくなんとかそこまでは行ってみる、駄目なときはまた電話をする、ということで話はついた。

駅の方向へ歩く途中で、ガラス張りの店に入った。朝からなにも食べていなかった。特別に空腹を感じていたわけではなかったが、店の人から情報が得られるかもしれない、と思ったからだ。

店内はカウンタの席しかない。客は十人ほどいて、奥の方が混んでいた。入口に一番近いシートに彼女は座った。しばらく待っていると、白いエプロンの男がこちらへやってきた。コーヒーを注文し、なにか食べられるものがあるかと尋ねる。すると、メニューを差し出された。しばらく文字を読んだが、見たところ、食べるものはサンドイッチが二種類と、ミート・パイだけだった。これくらいだったら、口で伝えられたのではないだろうか、と思った。

「じゃあ、ミート・パイを」

白いカップが彼女の前に置かれ、熱くて黒い液体に口をつけた。味なんてものはなかったけれど、香りは微《かす》かに魅惑的だった。南の島で死んだ女のことを一瞬だけ思い出させて、たちまち消えた。

## 2

店のマスタに隣街への行き方を聞いたところ、親切にも、それなら誰かに頼んでやるよ、と言ってくれた。

「ちょっと待ってね」と言い残して、マスタはレジへ向かった。忙しそうだ。

彼女はカウンタの上に地図を広げた。この地方全体の地図だったので、鉄道と主要な道路しか記されていない。しかし、現在位置はわかった。どの方向に山があるかもわかった。だが、今は地上にいるのだから、そんなことは関係がない。

既に冷めてしまったコーヒーに口をつけ、煙草を吸っていた。店に入って三本めだった。客は半分くらいに減っていた。カウンタの奥にいた客に、マスタが話しかけていて、こちらを見る。その客も彼女の方を見た。ブルーの作業着のようなものを着ている。しかし、メカニックの人間みたいに油で黒ずんだ作業着ではない。マスタが戻ってきた。

「彼が隣街へ行く。乗せていってもいいって言ってる」

「ありがとうございます」彼女は頷き、それから、彼の方に向けて頭を下げた。

作業服の男はすぐにこちらへ出てきた。

「どうしたの？」

「レンタカーで来たのですが、故障してしまって」

「そりゃ、大変だ」男は時計を見て言った。「じゃあ、行こうか」

レジで金を支払って、店を出る。駐車場で小型のトラックに乗り込んだ。後部はコンテナで、積み荷はわからない。社名が書かれているが、正しく明るい、という意味の綴りだった。どこかで聞いたことがあるようにも思った。車は走りだし、道路に出ていく。

「一時間半くらいかな」男は言った。

「そんなに近いんですか」

「バイパスなら、ほとんどノンストップだから」

「助かりました」

「若そうに見えるけれど。未成年じゃないよね？」

「いえ、違います」

「家出した子供を乗せたりしたら、あとで何を言われるかわからない」男は少しだけ笑った。

「そういうのではありません」

「仕事は？」

結局、この話に行き着くのだな、と彼女は思った。予想していたとおりだ。どうして人はみんな仕事の話をしたがるのだろう。それしか、人物を見定める基準がない、ということかもしれない。たしかに、宗教や先祖のことを質問されるよりは、現実的ではあるけれど。

「今は無職です。長く勤めていたところを退職したので」

「へえ……」男は前を向いたまま肩を竦《すく》める仕草。「長くって、どれくらい？」

「うーん、よく覚えていないんですけど。五、六年かな、もう少し長かったかな」

「覚えてないっていうのが、いいな」男は笑う。「何の仕事？」

「飛行機関係です」

「飛行機？ ああ、じゃあ、同じだ。俺もそうだよ」

「え、どんなお仕事ですか？」

「部品を売っている。エンジン関係とか圧力配管とかの」

「プラグとか？」

「プラグは違うけれどね。もっと素材に近いものだ。チタンのスプリングとか」

「あ、そうそう。ありましたね、それ」彼女は思い出した。「ササクラが言っていた」

「ササクラ？」

「ええ、メカニックです」

「君は、何をしていたの？」

「パイロットです」

「パイロット？」

男は驚き、目を見開いた。そして、彼女の顔を見る。しかし、車を走らせているので、すぐに前を向き直った。また、もう一度、彼女を見る。今度は全身を素早くスキャンするような視線だった。

「パイロットって？　もしかして……。あ、いや、聞かない方が良いかな」

「もう辞めちゃったから、べつにかまいませんよ」

「あ、でもね、うん……、やっぱりまずいよ」男は苦笑いし、そのあと急に真顔になった。前をじっと見続けている。

　車はバイパスの流れに合流して速度を増していた。ステアリングもアクセルもほとんど動かす必要がない運転になる。

「そうか、凄《すご》い人を乗せちゃったなぁ」男はそう言って、口を窄《すぼ》めて息を吐いた。

「すみません」彼女は謝る。

　黙っていれば良かったのだ。しかし、乗せてもらったことに対する礼儀として、無理にでも社交的にならなければ、話をしなければ、と彼女なりに努力をした結果だった。

　しばらく沈黙のまま、走行音だけが足許からどうどうと伝わってきた。エンジン音はほとんど聞こえない。風を切る音もしない。静かなものだ。

　彼女はしばらく目を閉じた。眠るようなことはない。目を閉じることに抵抗を感じるくらいだった。

　そして、思い出してみた。

　とても鮮明な記憶があった。

ただ、それは最近のことばかり。ずっと以前のものではない。ほんの一年程度のことだ。

そのエリアだけが、カラフルで買ったばかりのクレパスみたいに整然としていた。そういった記憶が引き出せることが、彼女には驚きだったし、蓋を開けるたびに、今でもどきどきするほど、まだ慣れることがなかった。こんな複雑なものを、普通の人間は生まれたときから持ち合わせていて、しかも、さらに複雑怪奇に築き上げていくのだ。とても信じられないことだった。

医師の言葉を思い出す。それ自体も鮮明に覚えている。

「記憶というのは、つまりは、老化と同じメカニズムなんですよ。肌に皺《しわ》が寄るのと同じように、人間はものを記憶するんです。ものを覚えるということが、つまりは老化によって成し遂げられる機能ということですね。ですから、老化は、進化の過程で積極的に取り入れられたプログラムであって、生命は生き延びるために老化を手に入れたのです。記憶があることが、このうえない武器となるからです。生きて記憶を刻むために、死ぬことを選んだのです」

彼の説でいえば、治療を受けた彼女の頭脳は、今は老化をしているということになる。それまでは、していなかった。成長はするものの、老化はなかった。常に新しく細胞が入れ替わっていた。だから、記憶という名の傷は治され、皺もできなかった。過去は消され、常に新たな経験を求めるだけだったのだ。

けれど、そんなことはどうだって良い。今となっては、もうどうでも良い。ただ明らかなことは、既に自分が以前の自分ではない、ということである。

否、違うな。

初めから、自分なんてものが幻想なのだ。すべては常に変化している。それが自然だ。昨日の自分と、今日の自分は、違う生き物であることが自然だ。以前と違うことの方が当たり前であって、変化し続けること、蓄積しないこと、築かないことが、摂理なのだ。植物は冬に枯れて、春になれば新しい芽を出す。同じことを繰り返すけれど、まったく同じではない。いつもいつも新しくなっている。

だから……、

細胞を新しくして、常に若くあることも、そうすることで記憶を失うことも、また、老化して死ぬことで記憶を失うことも、結局は、全部同じ自然なのだ。一年草と多年草の違いというだけのこと。どちらにしたって、いずれは消えていく。ほんの少しだけ受け継がれるものと、受け継がれないものがある。それだけのことではないか。

そう考えると、少し気が楽になる。

不思議だ。こんなことで気が重くなるなんて、今までになかったこと。もしかして、これが大人になる、という状態だろうか。もしかして、これが死へ向かうための準備なのか。地上へ墜《お》ちていくときの空気摩擦、浮遊感、あれと似ている。浮かんでいるような幻想。でも、墜ちていくことで、初めて生まれる浮遊感なのだ。

昔の自分と、今の自分。一番の違いといえば、飛行機に乗らなくなったことだった。あんなに飛びたかったのに、今は、何故かすべてが虚しく感じられた。空の上にもう一度上がることができれば、そんな雲も晴れそうな予感はあったものの、しかし、少なくとも、今の気持ちは安定しているように感じる。躰が重くなった、と感じるのと同じ。けっして悪い感覚ではない。これまでが軽すぎた。飛ばなければならないように、できていたみたいだ。

ああ、あれは……、誰だったっけ?

女だ。そう女だった。

夢だったかもしれないけれど、その女が、自分をまた子供に戻した。そして、もう一度、飛行機に乗れるようにしてくれたのだ。その代わり、どんどん記憶が希薄になった。現実を把握できなくなった。大勢の人間の人生が、自分の中に入り込んできた。人から聞いた話、夢で見たこと、映画で見た物語、そんなものが、自分の人生と混練され、常に泡立っていた。

そう、泡だ。

細かい無数の泡。

その形が面白くて、ずっと見つめていたことがある。

膨らんで消えていく。

虹色の。

細かい。

補完と終結。

集合と離散。

なにもかもが、泡だった。

飛行機に乗っているときだけが、定着した自分だったし、それはくっきりとして、そして明るく、形が、影が、留まっていた。

あのときだけ。

飛んでいるときだけ。

空を。

踊って。

舞って。

笑った。

心から笑った。

楽しい。

懐かしい。

ずいぶん、昔のような気がする。

轍《わだち》のような。
地層のような。
けれども、地上は、やはり泡ばかりで。
幻想ばかりを、見た。
周囲の人間たちは、みんな泡でできていた。
触れると、崩れてしまうものばかりで。
ああ……、そうだ、もう一人、女がいたっけ。
顔を、思い出せそうだった。
不思議だ。
母親みたいな顔だった。
甘えたくなるような。
懐かしい香り。
頭から血を流している。
何故だろう。
別の女も、思い浮かぶ。
彼女も母親のようだ。
いつも怒っている目で。

だけど、優しい。

その女が、病院を出るときに迎えにきてくれた。行き先がない自分を、引き取ってくれたのだ。こんなにきちんと覚えていることが、やはり老化のおかげか。

## 3

夕方にその街に到着し、繁華街の交差点で車を降りた。最後は軽く握手だけした。あの話のあとはほとんど会話はなく、ラジオを聴きながら走った。これからの人生が簡単に思い描けそうな真面目そうな男だった。自分は本当はエンジニアだと話した。今でもエンジニアだと思っていれば良いではないか、と彼女は思った。けれども、では自分は今でもパイロットなのか、と問われれば、そう、自分一人に対してでも簡単には受け入れられないことがあるのだな、と理解できる。

レンタカーの店を発見し、中に入った。化粧の濃い女が一人だけで、車が故障をした話は全然伝わっていなかった。代わりの車を貸してほしい、と説明をしても、まったくわかってもらえなかった。

「申し訳ありません。私は留守番をしているだけなんです。もうすぐ担当者が戻ってきますから、ちょっとあとに、もう一度来て下さい」と言う。

どんな客が来ても、同じことを言うよう指示されているのかもしれない。担当者が戻ってくる時間をきいたが、それはわからないという。しかたがないので店を出て、今日はこの街で宿を探すことにした。

　時間帯のせいか、街を歩く人の数が多かった。大きな街らしい。例外なく、みんな一直線に、そして足早に歩いていた。きょろきょろとあたりを見回しているのは自分だけだった。高層のビルが多く、看板も沢山ある。それらを一つずつ見て、泊まれそうな場所がないか探した。

　最初のホテルは少し高級そうで、空き室はないと断られた。そこで紹介された近くのホテルへ行った。大きなビルに挟まれた四階建てで、ロビィの雰囲気は普通の集合住宅のようだった。たぶん、彼女の服装を見て、こちらが相応《ふさわ》しい、ということだったのだろう。鉄格子のドアを開けて中に入ると、カウンタがあって、真鍮製のベルが置いてあった。彼女はそれを鳴らして、しばらく待ったが、なにも起こらなかった。もう一度ベルを鳴らす。

　背後で音がして、振り返ると、太った中年の女が階段を下りてきた。

「お客さん？」手摺越しに女がきいた。にこりともしない。

「はい。部屋がありますか？」

「ああ、あるよ。でもね、あんた、いくつ？　免許証を持っている？」

彼女はポケットから身分証明書を取り出した。「お願いします」

それを受け取ってからカウンタの中に入った女は、メガネをかけ、眉を寄せてじっくりと見た。メガネの上から視線をこちらへ何度か送る。

「へえ……」女は口を窄め、肩を竦める。

「なにか？」

「いえ……」女は証明書をこちらへ返した。「大丈夫だよ。ＯＫ。問題なし。ちょっと待っていてね」少しだけ笑った。

手続きはごく簡単だ。名前を書いただけ。女に案内されて、小さなエレベータに乗った。荷物を運ぶ装置ではないか、と思えるような質素な作りだった。最上階の四階へ上がり、暗い通路を歩いた突き当たり。木製のドアを、女が開けてくれた。

女がさきに入り、カーテンと窓を開け、それから、バスルームのドアも開けて中を覗き込み、なにかを確かめていた。設備について簡単な説明があった。外に出て、通路の反対側の端が非常口だと聞く。

「なにか、わからないことがあったら、フロントへ電話を」

「どうもありがとう」

彼女はポケットから小銭を出して、チップを渡した。女は、にっこりと笑ってそれを受け取ると、ドアから出ていった。なにか独り言のように呟いていたが、聞き取れなかった。

窓から外を眺める。表の大通りに面していた。車が多く、また両側の歩道を大勢が歩いている。上を見ても、ビルが接近しているため、空を広く見ることはできない。ブルーが少し濃くなっていた。日没が近いようだ。

ベッドで横になり、地図を広げた。新しい地図だ。さきほどのレンタカー屋に、この街の地図があったのでもらってきた。明日車が借りられれば、すぐに出かけよう、と決めていた。

彼女はそこで眠ってしまった。

夢を見た。

人を撃つ夢だった。

一人は女。

もう一人は男。

暗闇の中で十字を切っていた。

ネオンの黄色い光が下から照らしていた。

二人とも、撃ってくれと、頼んだのだ。

彼女は引き金をひいた。

躊躇《ちゅうちょ》なく。

そう、少しでも遅れれば、自分が墜ちることになる。

撃とうと思うまえに、撃て！

操縦桿を引き。
離脱し。
反転して、雲の中へ突っ込んでいき。
木の葉のように。
舞いながら。
踊りながら。
息を止めて。
吸って、そして、吐いて。
それでも、冷たいキャノピィに顔を寄せて、あたりを見回す。
敵の位置を確認。軌跡を瞬時に予測。思い描く。曲線が入り乱れる空間に。
見ている世界と、想像する世界が。交錯し。
スロットルを押し上げ。
エレベータを引き。
機体は真上を突く。
周囲は白色に包まれ。
しかし、やがて、青い空の中へ飛び込む。
真っ直ぐに、上昇、上昇、上昇。

輝かしい太陽が周囲を巡る。
ロール、ロール、ロール。
敵は？
いない。
もう、いない。
どこにも、いない。
僕だけ。
一人だけだ。
生き残ったのは。
もう、黒い煙さえ消えていた。
綺麗だ。
濁ったものはここにはない。
なにもかも、消えてしまったから。
美しい。
空しかない。
ゆっくりと、スロットルを戻し。
プロペラは下で唸る。

風の音が低くなり。
機速はたちまち死んで。
失速し、倒れ込む。
重力が消え、機体と一体となり。
存在するものが、ある。
存在するものが、落ちる。
周囲がひび割れるように乱れ、揺れ動く。
落ちていく。
白い雲の中へ、再び。
灰色の地上へ、再び。
誰もいなくなったから。
もう、誰も飛んでいない。
もう、誰も遊んでくれない。
もう、誰も踊ってくれない。
メータをチェック。
燃料、油圧、油温、高度。
針は、ゆっくりと刻みを越える。

どうした？
みんな、どうした？
何故、飛ばない？
どうして、ここへ来ない？
ブーメランは、飛んでいるぞ。
何故、墜としにこない。
撃ってこないのか？
雲を突き抜けて、暗い空へ沈む。
地上は雨。
水中を潜航しているみたいに、鈍い。
高度を落とし、森林の上を飛んだ。
そう……、
撃ってくれと言った二人は、
そう……、
大好きな二人だった。
空で出会う連中よりも、大切な、
そして尊敬できる、

人だった。

思い出した。

大切な、大切な、大切な。

それを、何故、撃ち殺してしまったのだろう。

理由はわからない。

自分の気持ちよりも、相手の意志を尊重した？

そうか？

そんなことまで考えたか？

待て。

もう一人いたはず。

撃ってくれと言った人が……。

「その銃で、私を撃って」

「それは命令ですか？」

自分の声で、目が覚めた。

髪を払おうと、額に手をやると、汗をかいていた。けれど、躰は冷たい。肩に触れたときにそれがわかった。金属みたいに冷たかった。

夢は急速に遠ざかる。

誰かを殺した？
そんな夢を見たような。
覚えがない。
ただ、自分の名前を叫んだ気がする。
そう、
あれは、僕だ。
僕だった。
何故、僕があそこにいる？
その自分に。
自分に銃口を。
銃口を向けて。
引き金をひいた記憶が、一瞬。
銃声。
火薬。
反動。
白煙。
沈黙。

空気。

微動。

鼓動。

静寂。

確かめにいった。

腕は、椅子から垂れ下がっていた。

デスクを回って、横に跪《ひざまず》き。

胸から血を流し、目を閉じている、自分の姿を。

これは、僕だ。

僕だった。

頭を振る。

振り払う。

立ち上がり、スリッパに足を入れる。慎重に、足を入れた。その自分の足を、じっと見つめて、しばらく呼吸をした。

バスルームへ。そして、鏡を。

急に、涙が流れ。

良かった。

ああ……、
本当に良かった。
自分で、良かった。
僕だ。
僕だった。
鼓動が少しずつ減速し、呼吸も楽になり。
深呼吸をして。
大丈夫。生きている。
まだ、生きている。

4

翌日は早朝から目が覚めた。窓の外は明るく、既に部屋の空気も暖まっている。エレベータで一階へ下りると、フロントに昨日と同じ女性がいた。メガネをかけて書類に向かっている。食事ができるところを尋ねると、メガネの上からこちらを睨み、すぐ隣だ、と教えてくれた。
表に出てみる。隣のビルの一階がカフェだった。彼女はそこに入り、ブレックファーストのセットを注文した。新聞を読んでいるビジネスマンふうの男が何人かいたけれど、誰も彼女の方を見ていなかった。他人に無関心なところが良いな、都会は、と思った。

食事のあとレンタカーの店まで歩いた。空が青く広がっている。気候もちょうど良く、清々《すがすが》しい。彼女はときどき空を見上げながら歩いた。ぼんやりと眺めただけだ。もう飛行機を探すようなことはしなかった。

それはまるで、空がないようなもの。

今までの空とは別の空が、すっかりこの世界を包み込んでいるようなものだった。

店に到着すると、昨日とは違う人間がいた。中年の男性で、すぐに話が通じた。故障した車は既に回収した、ということだった。新しい車を用意できる、と聞き、では一時間後に荷物を持ってまた来ます、と約束をした。

ホテルへ戻り、部屋でシャワーを浴びた。髪も洗った。今までで一番長いかもしれない。少々鬱陶《うっとう》しいけれど我慢をしよう。人間はこれくらい頭が重くてちょうど良いのだ、と変なことを考えた。自分でも理由はわからない。

荷物をまとめ、地図をもう一度確認する。髪はまだ少し濡れていたけれど、彼女は部屋を出た。

一階では、ホテルの女が通路でモップをかけていた。なんでもこの人が一人でするのか、と不思議に思う。チェックアウトして、金を支払った。

「どちらへ行かれるの？」珍しく微笑んで女が尋ねる。

彼女は、地図を見せた。

「この道を走ろうと思います」

「どこまで？」

「いえ、わかりません」

「じゃあ、どうしてその道なの？」

レシートを受け取った。質問には答えず、そのまま別れた。ちょうど一時間後にまたレンタカーの店にやってきた。小型のセダンを借りることになった。まだ新しそうだった。まえの車を借りたとき、一週間分の料金を支払ってあったらしく、差額が戻ってきた。こちらの車の方が安い、ということらしい。故障する車よりも安いなんてどういうことだろう。自動車は良いな、こうして簡単に乗り換えることができる、と彼女は思った。

「お気をつけて」店を出るときに男が言った。

何に気をつけるのだろう？　誰も攻撃なんてしてこない。すぐ近くに知らない車が来たって、なんの危険もないではないか。車に乗り込み、彼女は出発した。

混雑した大通りをしばらく走り、街外れで国道に乗る。バイパスらしく、高いところを信号なしで走ることができた。途中で思いついてラジオのスイッチを入れる。人間が話をしていない局を選んだ。窓を半分ほど開けて走っている。道はほとんど真っ直ぐだし、流れも順調だった。リズムで躰を揺すりたくなるほど気持ち良かった。

夜中に目が覚めたときは、夢が怖かった。

それでも、朝にはすっかり忘れている。

嫌な夢は一度見れば、その次からは和らぐ。

思い出して、一度涙を流せば、それで消えてくれる。

だんだん、浄化されているような気がした。

何が？

何だろう？

心？

心って、何だろう？

それは、つまり、頭脳の記憶か。

だとしたら、脳の皺だ。

皺は、包み込むように小さななにかを隠そうとしているのかもしれない。記憶とは、つまりそうして、躰の中に隠してしまったもの。思い出せなくなるくらい、じっと静かに抱え込んで、そこに仕舞われている。

太陽が真上に来た頃には、ラジオの音楽が途切れるようになった。別の局を探してみたが、どこも雑音が多かったので、スイッチを切って、走り続けた。一度だけ、ドライブインに入り、飲みものを買った。瓶に入ったサイダだった。こんなものを飲むなんて、と自分でも可笑《おか》しかったけれど、懐かしい味がたしかにした。子供のときに飲んだことがあるようだ。朝をしっかり食べたから、空腹は感じなかった。地図をまた見たけれど、もうこの道なのだから、間違いはない。現在位置がどのあたりかを確認しただけだ。

　目的地はどこなのかわからない。

ただ、この道にあるはず。

午後もまた走り続ける。飛行機に比べれば、退屈な運転だったが、不思議と眠くなるようなことはなかった。なにしろ、ほんの少しステアリングを切っただけで、たちまち大怪我をすることはまちがいないのだ。高度をとって巡航する飛行機よりも、はるかに危険な状況だと思えた。

　走っている車はだいぶ少なくなった。最初は片側二車線だった道路も、今は一車線。道はますます真っ直ぐで、前方の遠くに山々が見えた。左右は、ベージュ一色の畑か、それとも岩が剝《む》き出しになった荒野がときどき入れ替わる。ところどころに小さな建物があるものの、街らしい街はない。ただ、今この車が故障してもたぶん大丈夫だろう。昨日より、この道の方が車通りが多いし、道沿いには、人がいる気配の建物が多少なりとも存在していたからだ。

　ずっと遠くにある看板に目を留める。近づいてきて、そのスペルを確かめた。減速し、車をその店の前に停めた。

鼓動が少し早くなっているような気がする。珍しいことだ。エンジンを止めた。

「へぇ……」と呟きながら、建物の方を見る。

駐車場には車が一台もなかった。休みだろうか。そんな表示はない。窓の中は暗く、室内は見えなかった。

車から降りて、ドアを閉めた。

風が彼女の髪を揺らす。それを払うために、髪に触れた。もうすっかり乾いていた。

建物の方へ歩くと、ドアが開き、そこに女が立った。

見つめ合う。

「ああ……、本当に来てくれたのね」女が言った。喉が嗄《か》れたようなハスキィな声だった。

「来たよ」彼女は言った。声が小さくて届かなかったかもしれない。

「看板でわかった？」

「見落として通り過ぎなくて良かった」

女は駆け寄って来る。すぐに捕まって抱き締められた。

「嬉しい。信じられないよ。本当に来たんだ。また会えるなんて……、全然、思いもしなかった、ああ、神様のおかげだわ」

「フーコ」

「嬉しい」女は顔を離し、じっと彼女を見つめる。「覚えていた？」

「覚えているよ」

「本当に？」

「うん、大丈夫」

「本当に、大丈夫なの？」

「大丈夫、なにもかも」

「さあさあ、入って入って、お腹が減っているんじゃない？」

「うん、そう……、減っているかな」

女は店の中へ入っていく。彼女もステップを上がり、ドアのところで振り返って、道沿いに立つ看板を見た。《Fooco》とある。

道路を大きなトレーラが通り過ぎ、砂埃《すなぼこり》が上がった。地上は乾燥しているようだ。空から落ちた灰が堆積しているみたいだった。

店の中は、カントリィ風で、天井には木造の骨組みが交差している。カウンタの中で、女がこちらを見て白い歯を見せる。ほかに客はいない。二人だけだ。

「何がいい？」

「なんでも」

それから、女はじっと動かなくなる。こちらを見据えたまま。

彼女はカウンタのシートに腰掛けた。

見つめ合う。

「あなた、変わってないわ」

「君も」

「私は、変わったわよ。歳をとったでしょう?」

「そんなことないよ」

「ありがとう、お世辞でも嬉しいわ」

彼女は煙草を取り出して、火をつける。白い煙を吐く。それでも、フーコはまだじっとこちらを見つめていた。

「泊まっていける?」

「うん。べつに、急いで帰らなくていい」

「本当に?」女は両手を胸で合わせる。「ああ、覚えている?　ほら、知らない街へ行ったでしょう?」

「どこの街だったかな」

「覚えてないの?」

「うん」

「バス停で別れたのよ」

「そうだったかな」

「あれ、夢みたいだった」

「夢じゃなかった?」

女の頬に涙が伝っていく。

けれど、拭おうともせず、女は微笑む。

「夢のようだわ」

「そう……、夢のようだね、なにもかも」

各章冒頭の引用はすべて、
『雪のひとひら』ポール・ギャリコ
（矢川澄子訳・新潮文庫）によりました。

# 解説

杉江松恋

かつて、『スカイ・クロラ』の中に墜ちたことがある。

この清明な青春小説を読み終えたとき、自分の心が澄み切った青空を目指して高く昇っていくのを感じた。どこまでも高く、なにものにも遮られず。しかしそれは、墜落を味わうことでもあった。上りつめ、同時に落ちていた。深淵に呑み込まれる思いがしたのだ。

森博嗣は、読者の心を切り開いて孤独を摑み取る作家である。爽やかな青春絵巻を綴りながら、甘い恋物語を囁きながら、いつでも人間の孤独なありさまを読者に突きつける機会を狙っている。その作家が大空という格好の素材を得た。青空の中に切り取られた、自身の孤独な姿を見た者は、『スカイ・クロラ』を容易には忘れられない小説の題名として心の中に刻み込むはずである。

あなたも、そうだったのではないですか？

『スカイ・イクリプス』は、二〇〇八年六月二十五日に中央公論新社から刊行された。

〈スカイ・クロラ〉シリーズ唯一の短篇集であり、連作の掉尾《ちょうび》を飾る作品である。

　森博嗣にとって〈スカイ・クロラ〉シリーズは特別な意味を持っている。森は本来、「注文に応えて作品（商品と言い換えてもいい）を提供する」職人作家であり、個々の作品について過度な思い入れは持たないとも公言している。その作家が、初めて「書きたくて書いた」、「この作品を書けたら、もう作家を辞めてもいい」とさえ考えて書いた作品が、このシリーズだからだ。

　シリーズ第一作『スカイ・クロラ』（以下シリーズはすべて中央公論新社刊）の単行本が刊行されたのは二〇〇一年六月のことである。第一作とは言うものの、実は同書で書かれたのは長大な物語の完結篇に当たる部分だった（ということは長く伏せられていたが、第五作『クレィドゥ・ザ・スカイ』が発表される直前になって明かされた）。なぜそうしたか。まだ物語を書ききるだけの力がないと森が自身について判断したからである。そのため、最も肝要な部分であるクライマックスだけを作品として発表したわけだ。

　第二作『ナ・バ・テア』が発表されたのは二〇〇四年六月のことで、確かに三年間の空白がある。ふさわしい文章力を蓄えたという自信を得ての再開だったに違いない（この第二作が、作中時間では最初にくる物語である）。以降森は『ダウン・ツ・ヘヴン』を二〇〇五年、『フラッタ・リンツ・ライフ』を二〇〇六年、『クレィドゥ・ザ・スカイ』を二〇〇七年と（すべて刊行は六月）、一年一作のペースで規則正しく続篇を発表している。

五作の長篇は、同一の歴史内の出来事を綴ったものだ。長く戦闘状態にある世界で、国家ではなく「会社」と呼ばれる軍事組織によって戦争は遂行されている。物語の中心人物は、戦闘機「散香」のパイロットである草薙水素《クサナギスイト》だ。パイロットとして類い稀な資質を持つクサナギは、たびたび「キルドレ」ではないかと問われる。「キルドレ」は謎めいた存在で、戦闘機乗りなどに秀でた適性を示すだけではなく、加齢などの身体能力が他の人間と違うのではないか、と囁かれることもある。風評の真偽は明らかではない。だらだらと続く戦争の目的が判らないこと、キルドレに関する巷説の真相が不明であることが、主たる謎として物語を牽引していくのだ。

作中時間における第一、第二作にあたる『ナ・バ・テア』『ダウン・ツ・ヘヴン』はクサナギがエース・パイロットとして上りつめるまでの話、第三、第四作の『フラッタ・リンツ・ライフ』『クレィドゥ・ザ・スカイ』は、キルドレとしては異例の幹部職にクサナギが祀り上げられ、部下となるパイロットが基地に配備された後の話である。『フラッタ・リンツ・ライフ』でキルドレの社会的地位を揺るがすような問題提起が行われ、続く『クレィドゥ・ザ・スカイ』では一部の人を巻き込んでカタストロフが起きる。第五作である『スカイ・クロラ』はその後の出来事を描いた物語だ。この中でクサナギは、とある事件の中心人物として語られている。『クレィドゥ・ザ・スカイ』以前に何か由々しき事態が出来《しゅったい》したのだ。その事件の犯人は誰か（被害者は何者か）という問いが、シリーズの第三の謎である。

実を言うと、『スカイ・イクリプス』は本来書かれることがなかった番外篇にあたる。『クレィドゥ・ザ・スカイ』によってシリーズは終了したが、押井守監督による映画化作品『スカイ・クロラ』の公開が二〇〇八年に決定したため、小説版の完結から時間が経ってしまった。読者に物語の想起を促す意味で、短篇集が企画されたのである。各短篇は長篇作品を側面から補完するものであり、中には過去作で判りにくかった部分について、読者にヒントを与える記述も含まれている。丹念に読めば、シリーズについての理解が深まることは間違いない。

〈スカイ・クロラ〉シリーズを、右のような謎を巡る小説と読む人がいれば、パラレルワールドの戦争小説と読む人もいるはずだ。切ない恋愛小説、と読んだって別に構わない。ただ一つ揺るがないのは、〈スカイ・クロラ〉シリーズが切実な孤独を抱えて生きる人々を描いた、青春小説だということである。物語の中心人物であるクサナギ・スイトを含む戦闘機乗りたちは、常に死と隣り合わせの状況を生きている。そうしたぎりぎりの生のただなかにいる者たちから、ロマンティシズムの香りを嗅ぎ取る読者は多いはずだ。

戦闘機乗りたちが地上に留まれないのは、純真な心を持つ者にとってはこの世界が汚辱に満ちたものと感じられてしまうからである。そうした生き方に憧れる人がいることを作者はまず肯定してみせる。

死に接近した実感を生のための梃子《てこ》に用いて生きる人々の小説、と言ってもいい。厳しい側面もある。群れを離れたゆえの孤独、自ら選びとった孤独はどのようなものか。その儚いありようを、物語から読み取っていただきたい。単に孤独な生き方を讃美するだけの小説ではないのである。孤独を抱えて生きるしかない心、怠惰な平和よりは戦争の緊張を選ぶような逆転した価値観を、森博嗣は丁寧な筆致で描いている。

長篇作品はクサナギ・スイトのクロニクルの要素が強かったが、さまざまな人々が語り手を務める短篇集の本書では、異なる角度からそうした物語が行われる。この文庫解説を読んでいる中にはあまりいないと思うのだが、〈スカイ・クロラ〉シリーズを初めて読む方や、森博嗣作品を読んだことがないという方も、心配しないで本書を読んでいただきたい。背後関係がわからなくとも、情景を切り取った掌編小説《スケッチ》として、本書の収録作は鑑賞することができるはずだ。

以下、個々の作品について解題しながら、本シリーズの魅力について触れていきたい。ネタばらしのような野暮な真似はしないが、まったくの予見なくシリーズ及び本書を楽しみたいという方は、戻って本文を読まれることをお薦めする。シリーズ未読の方にはやや判りにくい記述があるかもしれないが、そこはご容赦のほどを。

**Gyroscope　ジャイロスコープ**（初出：読売新聞社『yorimo』二〇〇七年九月〜十一月）

クサナギからもっとも信頼を寄せられている整備工、ササクラが視点人物を務める一篇だ。整備工の目から見たパイロットを描いた話として、細部の造作をおろそかにしていないところが楽しい。ササクラがクサナギの目を気遣う場面などは特に印象に残るはずだ。パイロットの目は、戦闘機の重要な装置の一つなのである。

『ナ・バ・テア』を読まれた方は、第4話「ターン」の冒頭で「笹倉は、エンジンの改造に余念がない。整備をしているとき以外は、ずっとなにかの実験をしている様子だった。（中略）僕は彼の実験台になるのはご免だ」という文章が出てくるのを思い出してニヤリとされたのではないだろうか。会話の様子から察するに、本篇はそのころのエピソードのようである。第三作の『ダウン・ツ・ヘヴン』では、クサナギが他の整備士に機体をいじられて苛立つ場面が出てくるのである。

**Nine Lives　ナイン・ライブス**（初出：中央公論新社『C★N25』所収）

語り手となるのは「彼」と紹介されるパイロットである。機体のボンネットに黒猫のマークを描いている人物、となるとシリーズ中では一人しかいない。ただし、名前は明示されていない（ちなみに題名の Nine Lives＝九回生きる生物というのは、猫のことだ）。「彼」にはモナミという女性と生まれて間もない子供が扶養家族としていることが明かされる。そのことから、『ナ・バ・テア』の後日譚に当たる話だと判断できるのだ。

地上のしがらみを振り切って「彼」が空へと上っていく結末が印象的である。戦闘機乗りたちが愛機に乗って飛翔する場面は、本シリーズの肝というべき要素だ。空では、彼らの感覚は機体と同化するために極限まで研ぎ澄まされる。したがって、書き手としては最大限の感覚描写を行うことが要求されるのだ。体感速度が地上とはまったく違うことを表現するため、文体そのものの改造も求められる。また、そうした非日常のただなかに身を置くことにより、我が身を聖化したいという隠された願望がパイロットの裡にあれば、それも描かなければならないのである（『フラッタ・リンツ・ライフ』文庫解説で、作家の荻原規子が「戦闘中の動作だけを、ビートを打つように短く並べた文章は、まるで祈禱のようだ」と評したのは、まことに適切な表現である）。

**Waning Moon　ワニング・ムーン**（初出：読売新聞社『yorimo』二〇〇七年十一月〜十二月）

撃墜され、洋上に不時着したパイロットが、通りかかった船に救われる。シリーズの登場人物で、海に落ちたことがある、と述懐しているのは『スカイ・クロラ』におけるカンナミ・ユーヒチだけだ（同書第2話「キャノピィ」参照）。したがってこのパイロットの素性はカンナミである可能性が高いが、名乗りを上げているわけではないので断定は不可能である。

一読して、不穏な気分になった人も多いのではなかろうか。前述したとおり〈スカイ・クロラ〉シリーズは、生と背中合わせの死を常に描いている。戦闘機乗りたちが、生と死、名誉と不名誉、聖と卑といった二項対立の選択に臨む態度は、時として頑迷でさえある。汚れることを嫌うならば、美しい死を選ぶしかないのか。濁った日常に倦みながら、その中に清明を見出すことはできないのか、と歯痒くさえ感じられるが、出来ないのだろう。出来ないからこそ彼らの生は美しいのだ。ただし、そうした生き方は穏やかではありえない。生きながら死に憑かれた人を本篇では描いているのである。

**Spit Fire　スピッツ・ファイア**（初出：読売新聞社『yorimo』二〇〇八年一月～二月）

基地から十数キロの距離にある、ミート・パイを食べさせる店、といえばシリーズの読者にはおなじみの場所だ。『スカイ・クロラ』と『フラッタ・リンツ・ライフ』に出てくるが、店の前のテラスに座っている老人は後者には登場しない。したがって本篇は『スカイ・クロラ』に近い時間の物語だと推測されるのである。同書内で、パイロットのトキノが老人について、「道路をなにかが通るってさ、ずっとああして待っている」と発言したのをご記憶だろうか。その「なにか」について、もう少し詳しく紹介されている。

何気ない情景を描いた作品なのだが、この老人の存在が印象的だ。前作「ワニング・ムーン」には生者を死へと誘う魔の瞬間が描かれていた。対する本篇は、日常の中に突如として現れる、神の恩寵の瞬間を待つことについて語られた話なのだ。ひそやかな救済の物語として読んでもいい。恩寵の瞬間が何をさすのかは、人それぞれのはずである。重苦しい夜が明けたとき、窓越しに射し込んでくる陽光に見出す人がいれば、午後のお茶を一杯いただき、おやつのクッキーをかじった瞬間にそれを感じる人もいよう。どんな時に訪れるかはわからない。でも必ず誰の身にもあるものなのだ。そのことが信じられなくなったら、この短篇を読むといい。

### Heart Drain ハート・ドレイン（初出：読売新聞社『yorimo』二〇〇八年二月〜三月）

シリーズを通じて裏方として活躍する、情報部の女性幹部・カイが主人公の一篇だ。カイの計画が明確に述べられることはないが、その狙いが〈キルドレ〉たちの社会地位向上にあるらしいことはおぼろげに明かされている。そのためのシンボルがクサナギ・スイトなのだ。本篇で描かれるのは、二人が初めて出逢ったときのエピソードである。したがって『ナ・バ・テア』以前の出来事のはずだ。なるほど、こういう初対面だったから、『ダウン・ツ・ヘヴン』では、クサナギがあんなことをさせられたわけか。

シリーズ長篇は常にクサナギら組織の末端にいるパイロットの視点で描かれているため、組織の中枢に近い人間の思惑が語られることは少ない。珍しい一篇である。

### Earth Born　アース・ボーン（単行本書下ろし）

以下の三篇は、連載時に他の短篇を読んでしまった読者のためのボーナス・トラックを意図して書き下ろされたものだ。長篇を読んだ読者が思い浮かべている「解答」を覆す内容が書かれている、という趣旨のことを作者は『スカイ・イクリプス』刊行時に発言している。つまりネタばらし篇ということだ。あからさまに種明かしがされているわけではないのだが、注意深く読めば気づくような書き方をしている箇所もある。長篇を読んでない方は注意されたい。

本篇は、ミート・パイの食べられるカフェ同様、基地の近くにあることが示されている娼館を主舞台にした話である。『フラッタ・リンツ・ライフ』から顔を出しているトキノがパイロットたちの中にいるので、それ以降の話なのではないか。本シリーズには娼館で働くフーコが重要な役割をもって登場するが、彼女のお話でもある。フーコは、ふわふわとしてつかみどころのない印象で人当たりがよく、容易に内面を探ることができない人物だ。森博嗣はこういう涼しげな女性を描くのが巧い。

### Doll of Glory　ドール・グローリィ（単行本書下ろし）

ある女性が視点人物になる。彼女の名前は例によって明かされないが、シリーズに登場する「姉妹関係」は限定されるので、シリーズを通読した人なら推測できるはずである。

途中で彼女の回想が挿入される。『スカイ・クロラ』などで何度か伝聞の形で語られた事件を当事者の視点から描いたもので、ここは大きなヒントになるはずである。

　というような重箱の隅つつきの謎解きもいいのだが、本篇では結末の一行の切れ味に注目していただきたい。森博嗣の短篇は、どんでん返しという意味での「落ち」よりも、物語の幕を下ろした後に残る残像、佳い音楽を聴き終わったときの余韻のような効果に気を配ったものが圧倒的に多い。そうした忘れがたいものを読者の心に刻むことこそが、森の目指す「切れ味」なのだ。本篇の幕切れは、森作品中でもかなり上位にくるものである。可愛らしい文章なのにさらりとスパイスが効いている。本書の白眉としたい。

## Ash on the Sky　スカイ・アッシュ（単行本書下ろし）

　遠い街にやってきた旅人が、懐かしい人と再会する。サーガの幕切れにふさわしい一篇で、短い作品ではあるが、これまでの話で綴り残されていたことが語られ、登場人物のその後がさりげなく明かされるなど、綺麗に後始末がされた上でパタンと物語の蓋が閉じるのである。「大河ドラマの最終回」をテーマにした短篇作品という点で、筒井康隆「わが良き狼《ウルフ》」（角川文庫『佇むひと』所収）に近い味のある名篇だと思う。私は好きだな。

　この話の時点で、すべての事件は解決し、事態は収束している。何もかもが終わっているのだ。「めでたしめでたしのあと、お姫様と王子様は本当に幸せに暮らせたの？」というのはお伽噺に対する意地悪な質問だが、波瀾に満ちた日々を過ごした人間が、退屈極まりない日常を生きられるものなのかしら、という不安がそこにはこめられている。怖いのだ、日々の暮らしの中で自分が風化していくのが。老いるのが。本篇は、そうした問いに対する勇気ある回答なのだと私は考える。日常に倦むことを恐れるすべての若者に、『ナ・バ・テア』に始まるシリーズ長篇を、そして本書に収録された短篇の数々を読んでもらいたいと願う理由は、この作品にある。ぜひここまでたどり着いていただきたい。

　私たちは地上にいる。地上にいるしかない私たちに与えられた、最良の書の一つがこの〈スカイ・クロラ〉シリーズなのです。

（すぎえ・まっこい　書評家）

巻末インタビュー

# 『スカイ・イクリプス』について

森 博嗣

インタビュア：清涼院流水

――本日は、「スカイ・クロラ」シリーズの最終巻で、シリーズ唯一の短編集となる『スカイ・イクリプス』の英語版完成を記念して、著者の森博嗣さんにお話を伺いたいと思います。このシリーズについてお聞きする最後の機会ですので、聞きもらしのないようにしたいです。森さん、いつもご協力いただき、ありがとうございます。本日も、どうぞよろしくお願いいたします。

森博嗣（以下、森）　本当に、ここまで来ましたね。感謝いたします。僕は、特になにもしていません。大変だったのは清涼院さんです。エネルギィと時間を消費されたことと思います。ちょっとやそっとでできることではありません。

――ここまで来られたのは、森さんが常にあたたかく見守ってくださっていたおかげです。英訳時に疑問に思った点にも、いつもすぐにご回答いただき、とても助かりました。作者にいつでもご質問できる、という恵まれた環境で英訳させていただいている幸運に、こちらこそ、いつも感謝しています。

　この「スカイ・クロラ」シリーズは、当初は長編五作で完結する予定だったものの、映画版『スカイ・クロラ』の完成が遅れた影響により、出版社の依頼で短編集（本書『スカイ・イクリプス』）を書くことになったと、森さんは英語版『ナ・バ・テア』巻末インタビューで、おっしゃっていました。森さんは、長編については「まずタイトルを考えてから執筆開始する」というスタイルだと公言されていますが、短編集の場合も、最初に短編集のタイトルを考えてから、各短編のタイトルを考えられるのでしょうか？　それとも、何本か短編を書かれたあとに、短編集のタイトルを思いつかれたのですか？

森　いいえ、やはりタイトルをさきに考えました。タイトルが決まると、自然に話が湧き出てくる、というようなシステムがいつの間にか出来上がったようです。順番がこの逆になることは、小説ではほぼありません。エッセィならば、あとからタイトルを考えることもありますけれどね。本作の場合、ストーリィを続けてしまうと、せっかく良いエンディング（設計どおりに完結した作品）だったものに傷がつくように感じたので、複数の短編にして、しかも、いろいろな人物と視点、そして時間を変えて、これまで書いたものの周辺や隙間に配置することを心がけました。ですから、概略的にいえば補足の内容になっているかもしれません。その点では、少し迷いがあって、本来不要なものだったから書かなかったわけですから、蛇足にならないか、という心配がありました。ただ、それでも、多くの方が「わからない」とおっしゃっているのがネットなどで伝わってきたので、多少は説明的なパーツを見せても良いかな、ヒントくらいはあっても良いかな、と考えて書くことにしました。

――タイトルから決められるのは、短編集においても例外ではなかったのですね。森さんの場合、タイトルを決められるところから小説執筆が始まるのだということを、改めて理解いたしました。

本書の「スカイ・イクリプス」というタイトルから日蝕《にっしょく》（solar eclipse）や月蝕（lunar eclipse）を連想される読者は多いと思いますが、このシリーズでは最重要の舞台であるスカイ（＝空）が欠けている、という点がとても印象的です。本作品の旧版文庫では日蝕や月蝕を想像させる真っ黒な表紙もインパクトがありました。短編集という「舞台」が最後に用意されたことで、今まで空をメインの舞台にしてきたシリーズでありながら、空ではない場所をメインの舞台とするこの短編集が最後にシリーズに加えられたことは、作者の森さんとしても、創作者として収穫と言える体験だったでしょうか。

森　そうですね、正直に言ってしまうと、書いても、書かなくても、同じだったと思います。何故なら、書く以前から、すべてが僕の中には存在していましたからね。こういった物語があるな、という可能性の一つでした。したがって、書いてしまったことで、これらの物語が存在するものになり（つまり固定化され）、出力されなかった他の可能性が頭の中で消えてしまったわけです。僕としては、それがイクリプスなのです。物語を書くことは、頭の中にある可能性を消していく行為なのです。書くことで収穫はなく、喪失があります。ですから、あまり楽しいものではありません。すべてを頭の中に留めておいた方が、数々の可能性を生きたまま持ち続けられます。もっとも、読者にとっては、この逆になります。僕は作家を仕事に選んだので、自分の一部を差し出すことが方法なのです。

　もう一つ意味があります。空が欠けるというのは、空が閉ざされたことであり、だから地上の生活を描写しています。それに伴って、明らかに変化したのは視点です。物語の語り手は、地上で生きている人たちです。かつて空で生きていた人も、大人になって地上に立つことになりました。

——なるほど。「スカイ・イクリプス」が「地上の物語」というニュアンスを含むことは想像できましたが、「イクリプス」に「出力されなかった物語が消えたこと」という意味が込められていたことは驚きの発見です。われわれ読者にとっては、出力された物語しか知ることはできませんので、そのお話を伺って、どこかに消えてしまった物語の可能性が、逆に存在感を増したようにも思えます。本書の短編が書かれる前には、森さんの脳内には、もっと多くの物語が存在していたわけですね。

　実際に出力された物語として、この短編集には八つの短編が収録されています。短編集を依頼された時、ぜんぶで八話くらい書いてほしいというリクエストが出版社からあったのでしょうか。あるいは、森さんがシリーズの長編作品を補完する作品をいくつか書いて、結果的に全八話となったのでしょうか。短編ごとにメインの人物が変わりますので、主要な登場人物を一巡するという上で、全八話という必然性も、当然、感じられました。

森　数を最初から決めていたわけではありませんが、本にするために書いているので、文字数を常に意識して執筆しています。それは長編でも短編でも同じです。印刷された本は、紙で何枚という制約に囚われますが、執筆もそれに囚われていることになります。それで、結果的に八編になっただけです。短編にしようというのは、最初から決めていましたので、描きやすい長さで書きました。そもそも、僕は短編を読むことが好きです。短編の方が発想や描写がシャープになって、緊張感を持ったまま読んだり書いたりできます。ただ、日本では短編小説は売れないので、しかたなく長編を書いてきました。

――確かに、森さんの短編は、長編を構成するさまざまな場面と比べても、シャープさが際立っているように感じられます。この短編集に収録されている短編は、まず雑誌に掲載されたものと、単行本のために書き下ろされたものがあります。そのいずれにも、冒頭にポール・ギャリコの『雪のひとひら』からの引用が添えられています。書下ろし長編と違って、雑誌掲載と書下ろしが混在する短編集の引用を決めるにあたって、長編作品の引用を決める時と違った面はありましたでしょうか。また、短編集『スカイ・イクリプス』という特殊な作品に添える引用を『雪のひとひら』に決められたのは、どうしてでしょうか。

森　どうしてこの引用なのか、という答を僕は持っていません。自分でもわからないからです。それに、その逆で、この引用を決めたから、このような短編集になった、という順番です。引用は、バックグラウンドミュージックと同じで、全体に通して流れるメロディのようなもので、これによってまとまりも生まれます。すべて書き上げたときに、この引用は、とても良かったと感じました。メロディに合わせたストーリィを描くことができた、という意味です。

——小説に引用する本は直感的に選ばれる、と、以前のインタビューでおっしゃっていましたが、バックグラウンドミュージックにたとえていただいて、森さんの小説における引用の効果が、よりクリアに納得できました。バックグラウンドミュージックだと考えますと、その引用元が共通していることは、イメージの統一感を生む効果は確かにありそうです。

The BBBから二〇一六年に森博嗣さん初の英語短編集『Seven Stories』を刊行させていただきましたが、その時には巻末インタビュー企画はありませんでした。ですので、今回初めて、短編小説について、お聞きしたいと思います。先ほども「短編を読むことが好き」だとおっしゃいましたし、森さんは以前から「読者としては長編より短編のほうが好き」と何度か発言されてきました。その嗜好は今も変わりませんか？　読者として、そして作者として、森博嗣さんにとって長編と短編の差というのは、どのような点でしょう？

森　小説を読んでいた頃は、短編が好きでした。現在は小説は読みません。子供の頃は読むのが遅かったので、なるべく短い時間で読めるものばかり読んでいたからでしょう。短編というのは、どんな世界なのか、どんな人物なのか、をイメージするのに頭を使います。この部分が最もエキサイティングです。長編が好きな人や、シリーズものが好きな人は、このイメージする行為が苦手なのだと思いますし、そういう人たちが小説ファンの大部分で、特に日本の場合はその傾向が強いように観察されます。このため、短編集でも、登場人物がばらばらだったり、まったく関連がない連作だったりすると、「何のための短編集なの？」といったクレームがつきます。でも、僕は、全然関連がなく、統一感もなく、振れ幅の大きい、ばらついた短編集が好きです。その振れ幅に作家の力量が表れるし、それは発想の才能でもあると感じています。自分でも、そういったものが書けたらな、と思ったことがありますが、結局、世間で求められていないようなので、早々に撤退しました。仕事ですからね、自分の好きなことはしていられません。

――個人的には、森さんの短編集をまた拝読したい気持ちも強いのですが、日本の出版界においてビジネスとして長編を優先的に選択されるのは、よくわかります。今後、森さんの『Seven Stories』の読者が海外でさらに増えて、海外読者から森さんの短編をリクエストする声が高まることにも期待したいと思います。

おっしゃる通り、世に多くある短編集には、それぞれの短編の振れ幅がかなり大きいものもありますね。森さんは音楽を聴かれるのもお好きですが、音楽で名盤とされるアルバムがそうであるように、小説の短編集においても、どれだけバラエティに富んだ作品が集められているのか、というポイントが重要であるのは事実だと思います。短編集『スカイ・イクリプス』を執筆されるにあたり、できるだけ違った方向性の短編をそろえよう、とか、短編集全体のテーマがぶれないようにしよう、などと特に意識されていた点はあったでしょうか?

森　一般の短編集であれば、できるだけ違った方向性のものを作って、そのばらつき幅が大きい方が良いと考えますが、今回の短編集は、「スカイ・クロラ」関連であり、同じ世界のものですから、そういうわけにもいきません。ただ、それでもできるかぎり方向性を変えて、花火がどの方向にも広がるように、と意識して書きました。短編にする意味は、花火のような「瞬発」にあるからです。全体のテーマといったものは、それほど意識していません。同じ世界観で同じ人物が書くわけですから、必然的に同じようなテーマになるはずです。だいたい、小説を書くときにテーマというものを意識したことがありません。なにかを訴えようという気持ちは僕にはないし、またこを問題にしたいといった動機もありません。世間では、よくテーマというものが話題に上がりますが、そういわれてみればそう読めるのかな、という程度だと思っています。

――今回の短編集には、まさに花火のような一瞬を描写した「スピッツ・ファイア」もありましたね。森さんが長編か短編かを問わず個々の作品にあまり執着されない方であることは、よく承知しておりますが、それでもあえてお聞きすることをおゆるしいただけるなら、『スカイ・イクリプス』に収録されている八つの短編の中で、特別な思い入れのある作品を、その理由と共に教えていただけないでしょうか。

森　予想通りの回答で申し訳ありませんが、どれといってありません。個々のシーンは思い浮かびますが、それがどの短編だったかな、という程度です。そもそも、「スカイ・クロラ」のシリーズ全体が、短編集のような構造で、ストーリィの連続性が希薄だと思います。どの長編に思い入れがあるか、ときかれても答えられませんし、また、その作品のどの章に思い入れがあるか、ときかれても答えられません。数々のシーンが思い浮かぶだけです。読んだ方も、あのシーンを覚えている、とおっしゃっていただければ、それで充分だと感じます。ちなみに、どのキャラクタに愛着があるか、というのも僕にはありません。好きとか嫌いといった感情も持ちません。

——なるほど。確かに、長編でも短編でも、記憶に強く残るのはストーリィ全体というより、印象的な個々のシーンかもしれません。インタビュア自身も、このシリーズで特に好きないくつかのシーンが、どの長編に含まれていたかを瞬時に言えないことがあるのですが、シーンという単位で回想する際には、それでまったく問題ないわけですね。そのように考えると、長編や短編という概念自体が形式的なものに過ぎないと気づかされます。

ところで、このシリーズの英語版既刊の巻末インタビューでも何度も話題にのぼりましたが、「スカイ・クロラ」シリーズの長編では各巻の冒頭に、とても印象的かつポエティック（詩的）な巻頭の辞がありました。この短編集に巻頭の辞がないことは、もちろん意図的だと思いますが、どのようなお考えにより、あえて巻頭の辞を省かれたのでしょうか。

森　一番大きいのは、視点が変わったことです。つまり、既に「スカイ・クロラ」の物語ではない、ということです。あの詩は、物語の一部であったし、その視点人物たちの心の叫びのようなものでした。そこからは、既に離れているのが、今回の短編集であって、もうその声は届かない位置から見ているのです。なにも聞こえてこない静寂があるだけです。

――お答えを伺って、たいへん納得できました。やはり、森さんの中では明快な理由があったのですね。

　本日のインタビューの冒頭でもお話しいただいたように、長編を読むだけではわからないさまざまな面がこの短編集で補完されたと感じますが、森さんとしては、説明は多すぎず、少なすぎず、ちょうど良い匙《さじ》加減にできたとお考えでしょうか。英語版『フラッタ・リンツ・ライフ』の巻末インタビューでは、「（最後の短編集は）ある意味で、蛇足だった」というご発言もされていましたが、一方、英語版『スカイ・クロラ』の巻末では「シリーズとしても、最終作まで思いどおりに展開できた作品」だと、おっしゃっていました。

森　長編シリーズについては、思いどおりに執筆できました。短編集は、なくても良かったかな、とも思いますが、読者にはいろいろな方がいるわけですから、全員にそれが当てはまるわけではありません。蛇足だと感じる方もいれば、これがあったから良かったと感じる方もいるでしょう。

　読者は、長編五作を読んで自分なりの解釈をお持ちのはずです。そういったものに対して、「確認」になるようなものが追加されたか、それとも「否定」するようなものが追加されたか、いずれでしょうか。おそらく、「否定」の方が多かったのではないか、と想像します。不必要な「蛇足」にならないように、できるだけ「反証」となるようなものを書いたつもりです。それが、この短編集の基本的なデザインでした。肯定するような証拠を提示するのは宗教の方法であり、否定する証拠を提示するのが科学の方法だからです。

――読者の捉え方は本当に千差万別ですので、反応にはかなり個人差がありそうですね。科学的な手法で「反証」を提示されたというお話は、たいへん参考になります。その視点でまた再読したくなりました。

　この「スカイ・クロラ」シリーズは、今や三五〇冊を超える森さんの作品群の中で、「飛行機もの」というテーマの独自性もあり、他のシリーズとは一際違う性質を備えていることは、多くの日本人読者が賛同してくださると思います。森博嗣さんにとっては、「初めて映画になった作品」であり、「初めて英語になった長編シリーズ」でもあります。英語版「スカイ・クロラ」シリーズがついに完結となる今、作者・森博嗣さんは、この「スカイ・クロラ」シリーズに、どのような思いをお持ちですか？

森　作家になって、かなり早い時期にこのシリーズが書けたことは幸運だったと感じています。飛行機については、特に思い入れはありませんけれど、自由に飛び回るイメージが重なって、象徴的といえるかもしれません。自分の思うものを素直に出してみようと考えて作りましたが、それには「どうせ誰にもわかってもらえないだろう」という諦めの予測がありました。ところが、意外にも映画になったため、本も売れるようになり、最後には「やってみるものだな」という教訓となりました。おまけに英語にもなって、こうして世界中に伝わっていくのは、そうですね、とても不思議な気持ちです。世の中、不思議なことがわりとあるな、という良い思い出となりました。しかし、だからといって、同じものを狙っても駄目でしょう。もうひとつの教訓は、狙っていなかったから当たった、というものだからです。

――最初の長編『スカイ・クロラ』に作品の力があったからこそだと思いますが、のちに映画版を監督された押《おし》井《い》守《まもる》さんは本当に偶然、『スカイ・クロラ』を手にされたようですから、そうした巡り合せは不思議ですね。それがなければ、このシリーズを英訳させていただくこともなかったかもしれませんね。

最後に、これからのことをお話しさせてください。森博嗣さんにご協力いただいているおかげで、The BBBの英訳活動を二〇二二年で十年も続けられていることになります。森さんのご協力あってのThe BBBですので、いつも言葉にできないほど強く感謝しています。本当に、ありがとうございます。日本の小説がほとんど英訳されない現状に逆行してThe BBBが孤軍奮闘して活動を続けてきたこの十年、海外の読者の皆様からいちばん多くいただいたリクエストは、「森博嗣さんのデビュー作にして代表作の『すべてがFになる』を英訳してほしい」というご要望でした。森さんのご助言をいただきながら英語版の出版権を所有する講談社と二年近く交渉を続けてきまして、The BBBが十周年を迎える二〇二二年には、ついに英語版『すべてがFになる』を刊行できる運びとなりました（二〇二二年七月より分冊で刊行開始）。日本語版『すべてがFになる』は、作品単体でも九〇万部（二〇二二年一月現在）を突破している日本ミステリィを代表する歴史的傑作ですが、同時に「累計一七〇〇万部に及ぶ〝森ミステリィ〟の原点にして金字塔」という意味合いも大きいです。森さんは『すべてがFになる』を発表された一九九六年の作家デビュー時から、自作が英語になることを常に意識されてきました。その最初の作品『すべてがFになる』の英語版がついに生み出されることを前に、今のお気持ちを教えていただけますでしょうか。

森　The BBBの十周年、おめでとうございます。継続も立派ですが、どんどん幅を広げた活動をされている点も素晴らしいと思います。それから、『F』の英訳についても、とても嬉しく感じています。これまで、アジアの数カ国で出版されたことはありましたが、英語にはなっていません。書いた当時は、できれば日本以外で読んでもらいたいと想像していましたから、その意味でも夢が叶うといえるでしょう。どこの言語もコンピュータが訳してくれる時代になりましたが、やはりスペシャリストが翻訳するのとは雲泥の差があります。ここまで四半世紀の時間がかかりましたけれど、ある意味で、今しかないという予感もしていました。意味がわからないかもしれませんが、僕としてはグッドタイミングだということです。その気持ちが、今は一番強いのです。

——森さんが英語版『すべてがFになる』の誕生に必然のタイミングを感じていらっしゃると伺えて、今こそがその時なのだろうな、と感じられ、たいへん勇気づけられました。われわれふたりとも昨年は作家デビュー二十五周年でしたし、The BBBが十周年を迎える年に英語版『すべてがFになる』が誕生するというのは、本当に不思議な巡り合せですね。

本日もたくさんの「気づき」と「学び」に満ちた貴重なお話の数々をお聞かせいただき、ありがとうございました。次回、英語版『すべてがFになる』にも、今回同様に巻末インタビューを収録させていただくことを、先日、森さんからご許可いただきました。読者の皆様には、「スカイ・クロラ」シリーズに続いて、楽しみにお読みいただけることを期待しています。森さん、英語版『すべてがFになる』も、どうかよろしくお願いいたします！

二〇二二年一月　Sky Eclipse (English Edition)by The BBB 巻末インタビュー

（せいりょういん・りゅうすい　作家／The BBB編集長）

初出一覧

Gyroscope　ジャイロスコープ
『yorimo』読売新聞社　2007.09～2007.11連載

Nine Lives　ナイン・ライブス
『C★N25』C★NOVELS　2007.11所収

Waning Moon　ワニング・ムーン
『yorimo』読売新聞社　2007.11～2007.12連載

Spit Fire　スピッツ・ファイア
『yorimo』読売新聞社　2008.01～2008.02連載

Heart Drain　ハート・ドレイン
『yorimo』読売新聞社　2008.02～2008.03連載

Earth Born　アース・ボーン
単行本書き下ろし

Doll of Glory　ドール・グローリィ
単行本書き下ろし

Ash on the Sky　スカイ・アッシュ
単行本書き下ろし

スカイ・イクリプス
Sky Eclipse

〈単行本〉
中央公論新社
2008年6月25日刊
〈新書判〉
C★NOVELS
2008年11月25日刊
〈文庫〉
中公文庫
2009年2月25日刊

新装版刊行にあたり、巻末に著者インタビュー
「『スカイ・イクリプス』について」を加えました。

本文デザイン
鈴木成一デザイン室

中公文庫

新装版《しんそうばん》
スカイ・イクリプス
——Sky Eclipse

2009年2月25日 初版発行
2023年3月25日 改版発行

著者 森《もり》 博《ひろ》 嗣《し》

発行者 安部順一

発行所 中央公論新社
〒100-8152 東京都千代田区大手町1-7-1
電話 販売 03-5299-1730 編集 03-5299-1890
URL https://www.chuko.co.jp/

DTP ハンズ・ミケ
印刷 大日本印刷
製本 大日本印刷


Published by CHUOKORON-SHINSHA, INC.
Printed in Japan ISBN978-4-12-207346-3 C1193

定価はカバーに表示してあります。落丁本・乱丁本はお手数ですが小社販売部宛お送り下さい。送料小社負担にてお取り替えいたします。

も-25-11
**スカル・ブレーカ** The Skull Breaker
森 博 嗣
侍の真剣勝負に遭遇、誤解から城に連行されたゼンを待つ、思いがけぬ運命。若き侍は師、そして己の過去に迫る。ヴォイド・シェイパシリーズ第三作。〈解説〉末國善己
206094-4

も-25-12
**フォグ・ハイダ** The Fog Hider
森 博 嗣
ゼンを襲った山賊。用心棒たる凄腕の剣士は、ある事情を抱えていた。「守るべきもの」は足枷か、それとも……。ヴォイド・シェイパシリーズ第四作。〈解説〉澤田瞳子
206237-5

も-25-13
**マインド・クァンチャ** The Mind Quencher
森 博 嗣
突然の敵襲。絶対的な力の差を前に己の最期すら覚悟しながら、その美しさに触れる喜びに胸震わせ、ゼンは剣を抜く。ヴォイド・シェイパシリーズ第五作。〈解説〉杉江松恋
206376-1

も-25-14
**イデアの影** The shadow of Ideas
森 博 嗣
主人と家政婦との三人で薔薇のパーゴラのある家で暮らす「彼女」。彼女の庭を訪れては去っていく男たち。知性と幻想が交錯する衝撃作。〈解説〉喜多喜久
206665-6

も-25-6
**森博嗣の道具箱《TOOL BOX》** The Spirits of Tools
森 博 嗣
人がものを作るときの最も大きなハードルとは、それを作る決心をすることだ――小説執筆も物作りの一つと語る著者が、その発想の原点を綴る。〈解説〉平岡幸三
204974-1

よ-25-1
**TUGUMI**
吉本ばなな
病弱で生意気な美少女つぐみと海辺の故郷で過した最後の日々。二度とかえらない少女たちの輝かしい季節を描く切なく透明な物語。〈解説〉安原 顯
201883-9

よ-25-2
**ハチ公の最後の恋人**
吉本ばなな
祖母の予言通りに、インドから来た青年ハチと出会った私は、彼の「最後の恋人」になった……。約束された至高の恋。求め合う魂の邂逅を描く愛の物語。
203207-1

よ-25-3
**ハネムーン**
吉本ばなな
世界が私たちに恋をした――。別に一緒に暮らさなくても、二人がいる所はどこでも家だ……互いにしか癒せない孤独を抱えて歩き始めた恋人たちの物語。
203676-5

各書目の下段の数字はISBNコードです。978－4－12が省略してあります。

よ-25-4　**海のふた**　よしもとばなな
ふるさと西伊豆の小さな町は海も山も人もさびれてしまっていた。私はささやかな想いと夢を胸に大好きなかき氷屋を始めたが……。名嘉睦稔のカラー版画収録。
204697-9

よ-25-5　**サウスポイント**　よしもとばなな
初恋の少年に送った手紙の一節が、時を超えて私の耳に届いた。〈世界の果て〉で出会ったのは……。ハワイ島を舞台に、奇跡のような恋と魂の輝きを描いた物語。
205462-2

よ-25-6　**小さな幸せ46こ**　よしもとばなな
最悪の思い出もいつか最高になる。両親の死、家族や友との絆、食や旅の愉しみ。何気ない日常の中に幸せを見つける幸福論的エッセイ集。タムくんの挿絵付き。
206606-9

お-65-1　**西の善き魔女Ⅰ**　セラフィールドの少女　荻原規子
舞踏会の日に渡された亡き母の首飾り。その青い宝石は少女を女王の後継争いのまっただ中へと放り込む。少女フィリエルの冒険が始まった。〈解説〉坂田靖子
204432-6

お-65-2　**西の善き魔女Ⅱ**　秘密の花園　荻原規子
貴族のたしなみを身につけるべく、修道院附属学校に編入したフィリエル。清らかなはずの学園にはしかし乙女たちの陰謀が渦巻いていた。〈解説〉酒寄進一
204460-9

お-65-3　**西の善き魔女Ⅲ**　薔薇の名前　荻原規子
幼なじみルーンと我が身の安全のため、フィリエルは王宮へ。冷酷な謀りごとが渦巻く宮殿で奮闘するフィリエルだがルーンは背を向け闇へと姿を消してしまう。
204484-5

お-65-4　**西の善き魔女Ⅳ**　世界のかなたの森　荻原規子
竜退治の騎士が王宮を発った。フィリエルは消えたルーンへの想いを胸に秘め騎士団の後を追う。竜の森でフィリエルと騎士団が出会ったものは……。南方冒険篇。
204511-8

お-65-5　**西の善き魔女Ⅴ**　銀の鳥　プラチナの鳥　荻原規子
隣国と帝国の紛争の火種を探るため、十六歳の女王候補がおしのびの旅に出る。山脈を越え砂漠の向こう、オアシスの国へ。異教徒たちの街が魅せる西方冒険篇。
204537-8